LE MONDE À SES PIEDS

DU MÊME AUTEUR

UNE ROSE POUR MANHATTAN, Flammarion, 1999.
UN AMOUREUX SILENCE, Flammarion, 2001.
TROIS JOURS POUR RIEN, Balland, 2002.
PRIME TIME, Flammarion, 2003.
ACOUPHÈNES, Flammarion, 2005.
PRESQUE TOP MODEL, Flammarion, 2006 ; J'ai Lu, 2007.
FRENCH MANUCURE, Flammarion, 2008 ; J'ai Lu, 2009.

GÉRALDINE MAILLET

LE MONDE À SES PIEDS

roman

BERNARD GRASSET

PARIS

ISBN 978-2-246-76231-7

Dying is an art, like everything else.
I do it exceptionally well.
I do it so it feels like hell.
I do it so it feels real.

Sylvia PLATH

Karl Lagerfeld n'a pas encore parlé. Caché derrière des lunettes sans tain, il suce des lamelles d'ananas entre deux gorgées de thé vert Detox à la citronnelle. Plus droit que le dossier de sa chaise, les cheveux poudrés de shampooing sec, embaumé dans un costume noir en alpaga, le cou emprisonné dans une minerve de popeline blanche, il termine les croquis de la matinée.

Dans les enceintes, Your Kisses are wasted on me *des Pipettes.*

Autour de lui, le staff anthracite et androgyne au bord de la crise de nerfs. Overdose de caféine, conversations haut perchées, allées et venues fébriles de rivières de diamants, de robes en organza, d'escarpins à brides en flanelle et cuir de veau bicolore... Sur chaque visage, une moue hiératique.

Face à lui, des adolescentes en string. Blondes, blanches, blafardes, belles, sans doute biélorusses.

Derrière lui, une immense photographie de Coco Chanel et de Jean Cocteau, hilares.

9

Autour de lui, des effluves d'Allure, *de* Chance, *d*'Egoïste, *de* Cuir de Russie...

Loin de lui, un plateau de macarons à la menthe fraîche et au poivre de Java, des carafes en cristal remplies de jus de litchis, une corbeille de papayes et de fruits de la passion.

Le maître lève la tête et ses persiennes opaques. On attend les ordres. Le staff se fige. Les jeunes filles gambergent. Les téléphones vibrent dans le vide.

— *Mettez-moi Stravinski...*

L'assistant le plus proche de la télécommande exécute l'ordre avec un regard servile. Quelques secondes de silence... Le couturier s'hydrate de soda light et feuillette le dernier W *avec Keira Knightley en couverture.*

Le Sacre du Printemps *détend l'atmosphère. La frénésie fait place au recueillement. Le pas s'est ralenti, on parle bas.*

Le couturier pointe son index. La bague tête-de-mort indique un pull en tweed ajouré.

— *Je veux ce modèle sur cette fille.*

— *Tout de suite, Karl...*

L'assistant le plus proche du portant se précipite sur le cintre et appelle la fille en claquant des doigts.

Un foulard sur la tête pour préserver la pièce unique à 10 000 euros. La fille suffoque. Il la pique avec les épingles au niveau des emmanchures. Elle ne bronche pas. Il peste contre la première main de l'atelier. La gamine cherche l'air, elle mourrait étouffée plutôt que de nuire à l'inspiration du maître.

— Marche.

Le staff chuchote en grignotant des miettes de macarons.

Le couturier humecte ses lèvres. Ses joues sont creuses, ses doigts boudinés par la quincaillerie inca.

— *Le nom de* cette *fille ?*

Brouhaha de panique. L'équipe avait tout prévu sauf cette question. Pas de composite, pas de book. Ces journées de fitting sont redoutables.

Karl Lagerfeld resserre son nœud de cravate et s'approche du mannequin. Enfin, il retire le foulard et découvre un visage aussi blême que son catogan.

Anglais rugueux.

— *Quel âge ?*

La fille reprend son souffle.

— 19...

— *Déjà... Pourquoi je ne t'ai pas vue plus tôt ?*

— *J'ai fait le casting la saison dernière... je n'ai pas été retenue. Pas assez Chanel... enfin, c'est ce qu'on m'a dit...*

Coup d'œil assassin à son staff. Le maestro agite ses éperons et retourne sur son trône.

— *Confirmez-moi* cette *fille pour la couture et le prêt-à-porter. Je la veux aussi à Miami pour la* collection croisière… Et mettez-moi le vinyle de Vigo Bay avant que je ne change d'avis…

Délicatement, la fille retire le pull, doucement, elle noue ses cheveux en chignon, lentement, elle retourne sur la bergère en satin blanc, discrètement, elle sourit.

Karl Lagerfeld l'adore.

7 octobre 2003

160 rue Fourmanova
Almaty
Kazakhstan

— Ruslana aura le plus beau sourire d'Almaty, madame Korshunov.

— Si vous le dites, docteur...

Galina Korshunov soupire et serre fort son porte-monnaie. Des milliers d'heures de ménage, deux années de dur labeur. Le dentiste s'apprête à empocher toutes ses économies.

Iouri Kaznakov pose ses instruments et s'éponge le front.

— Dis-moi, elles sont drôlement jolies tes baskets, Ruslana. Les lacets multicolores, c'est original...

« Un arc-en-ciel aux pieds, mon ange. Quand tu n'auras pas le moral, tu regarderas tes chaussures. » Son père les avait achetées lors d'un voyage à Paris. « Tu sais, ma chérie, je n'ai jamais vu autant de merveilles. Il y a plus de lumières que d'habitants... Un jour, je te promets, on ira ensemble... » Le père de Ruslana n'était jamais sorti de Russie. Il disparaissait une fois par an pendant une semaine avec la complicité de Galina, prenait le train de nuit pour Moscou, restait des journées entières à l'aéroport international de Cheremetievo, guettait les vols en provenance de Paris, de New York, de Los Angeles, suppliait d'acheter un porte-clé de l'Arc de Triomphe ou un tee-shirt « I LOVE USA » en échange de quelques roubles et de quelques supplications... Ça marchait rarement. Mais il ne renonçait jamais. Il oubliait sa honte devant le visage de Ruslana illuminée de joie.

Iouri Kaznakov retire son masque. Sourire satisfait.

— C'est fini pour aujourd'hui, Ruslana. Le résultat sera spectaculaire. J'avoue que dans l'immédiat, c'est difficile à imaginer, mais tu peux me faire confiance.

Ruslana est allongée dans le fauteuil. Ses cheveux dépassent de la blouse et recouvrent ses genoux. Elle ne lâche pas la main de sa mère.

— Et ces bagues, docteur, elles sont vraiment...

— Indispensables, madame Korshunov. Pendant au moins un an. Si vous aviez attendu six mois de plus, il fallait tout casser. En bas les incisives poussent en antéversion... de biais, vous comprenez. En haut les canines sont inclinées, les molaires se chevauchent... Ruslana est très belle, à terme, ses mâchoires se seraient déformées... Croyez-moi, j'ai fait du bon travail.

— On vous croit, docteur... C'est une aubaine pour les gens d'ici de vous avoir. C'est vrai ce qu'on dit... que vous auriez soigné Gorbatchev ?

Galina regrette aussitôt sa question, elle n'aurait jamais dû évoquer ces commérages.

Iouri Kaznakov retire ses gants stériles.

— Après la chute du mur de Berlin, j'ai terminé mes études à l'université Descartes de Paris. Quand je suis rentré à Moscou, mon diplôme français a fait sensation, je suis devenu le dentiste à la mode, le praticien attitré des membres les plus éminents du parti. Alors sans trahir le secret médical, oui, j'ai soigné les caries de Gorbatchev et même celles de Eltsine. Les caries étaient leur seul point commun, l'un était triste, sobre, l'autre très drôle, très ivre et fanatique de tennis féminin. Il me racontait toujours la rencontre historique entre mesdemoiselles Zvereva et Savchenko, à Roland-Garros en 1994. 3 heures 22 après avoir sauvé respectivement treize et huit balles de match. Moi qui déteste le tennis ! Tout cela doit rester entre nous, bien sûr...

Kaznakov avait quitté Moscou avant de compter Poutine parmi ses patients. Il trouvait que tout allait trop vite et pas forcément dans la bonne direction. Les ghettos de nouveaux riches rendaient la misère encore plus criante. Les mendiants cognaient aux pare-brise des Ferrari conduites par les plus belles putes du monde, les sans-abri végétaient au pied des immeubles flambant neufs. La vodka soulageait les consciences. Elle sublimait les fêtes, la frime, la baise et noyait le désespoir de ceux qui crevaient dans l'indifférence générale.

Kaznakov a surtout quitté Moscou par amour. En pleine nuit, il avait dû arracher en urgence une dent de sagesse à la fille de l'ambassadeur du Kazakhstan. Il avait eu un coup de foudre. Une fois le mariage célébré à Almaty, il n'était plus question de repartir. Kaznakov trouvait la ville moins violente, moins cruelle, moins cynique.

Il s'y sentait bien.

— Tu peux te lever, Ruslana. La séance est terminée. Tu veux voir dans le miroir ?

— J'aime autant attendre l'année prochaine.

Rire tonitruant de Kaznakov.

— Cette petite ira loin…

— Ruslana, tu dois remercier le docteur !

Galina s'approche du bureau en acajou rutilant. Dans un cadre doré, Iouri, radieux, tient par le bras une rousse sculpturale en fourrure. Au premier plan, une adolescente boulotte, une

16

fillette qui a perdu les dents de lait du milieu et des jumeaux fiers d'avoir la même chapka que leur père : les Kaznakov au grand complet.

Elle se demande à quand remonte sa dernière photo de famille ? Pour les quatorze ans de Ruslana ? Ils avaient pris le tram aérien vers Kök Töbe. Rouben, le frère de Ruslana, était de mauvaise humeur, il s'ennuyait, il voulait tenter sa chance à Moscou, pourquoi pas à New York, gagner des dollars, faire de la musique de Black avec des Blacks. Il n'y a pas de Noirs à Almaty à part sur MTV qu'on capte illégalement grâce à l'unique parabole de la ville, celle du vendeur iranien de chawarma. Rouben voulait gâcher la fête mais Ruslana prenait la défense de sa mère.

Depuis la mort de leur père, elle a mûri trop vite. Elle travaille très bien à l'école, parle l'allemand et l'anglais couramment... Galina se souvient. C'était une journée de juillet typiquement kazakhe. Du soleil sans chaleur, de la brise sans fraîcheur, des fleurs sans odeur, des cris d'enfants sans joie. Plutôt la journée de juillet d'une veuve éplorée. D'une femme seule. Perdue dans un parc d'attractions au milieu d'un toboggan vert fluo et d'une piscine pour des gens qui ne verront jamais la mer. Ce jour-là, les montagnes de Tian Shan semblaient peintes par un mauvais peintre naïf, les gens

17

souriaient à contrecœur, ses shashlik[*] au mouton étaient trop cuits, Rouben pestait, Ruslana éblouissait de ses quatorze printemps. Là, elle avait sorti son vieil appareil Zenit, avait demandé à un serveur d'appuyer sur le bouton, de la doubler au cas où il y aurait des yeux fermés. Sur les deux clichés, Ruslana était merveilleuse.

Galina froisse les paquets de tenges[**].

— Je vous dois combien ?

— Ruslana va me faire une telle publicité qu'il n'est pas question que je vous prenne de l'argent.

— On ne peut pas accepter, docteur Kaznakov. J'ai la somme…

— S'il vous plaît, madame, n'insistez pas.

La nuit est tombée. Almaty bascule lentement dans le silence.

La rue Zhetyzu, déserte. L'avenue Tchoubary et ses devantures aux néons grillés.

Au milieu d'une bourrasque, les deux femmes s'immobilisent. Ruslana prend sa mère dans ses bras. Elle chuchote. Des paroles inaudibles à cause de ce maudit vent de Mongolie. Parfois l'odeur de tabac d'un passant gelé, des relents

---

[*] Kebab grillé sur la braise.
[**] Unité monétaire du Kazakhstan. 1 000 tenges = 5 euros.

de baurzaki* qui s'échappent de la fenêtre entrouverte d'un rez-de-chaussée, les nuées de mazout au-dessus des toitures déglinguées, des émanations de crasse, d'excréments, de cadavres de chiens, l'air dans la gorge comme de la neige carbonique.

Galina serre sa fille de toutes ses entrailles.

* Beignet aux pommes.

8 octobre 2003

Complexe sportif d'Almaty

La patinoire olympique n'a jamais accueilli de compétitions prestigieuses. Doubles saltos ou triples boucles piquées lors des entraînements des champions de l'Union soviétique dans les années 80, et depuis, plus rien. Les patineurs du dimanche, les jambes flageolantes sur des lames rouillées, des flirts hagards au cours de rondes interminables. Un stade gigantesque au milieu de nulle part, sans applaudissement, holà ou clameur.

Les jeunes en ont fait leur repaire. Ils y fument leur première blonde, leur premier pétard, ils rêvent d'un ailleurs bruyant, festif, occidental. De boire des Red Bull, de croquer dans des Chicken McNuggets et plus jamais dans des kebabs au mouton, de ressembler à Robbie Williams, de se faire tatouer *Money is God* sur une plage de Malibu par un clone de Pamela Anderson, de prendre l'avion comme ils errent dans les wagons vétustes de l'Almatinskiy Metropoliten...

Ruslana et Mila ont l'habitude d'y passer le mercredi après-midi. Elles pique-niquent dans l'allée est, tournées vers un monde lointain qui les fascine.

— Il ne t'a pas loupée le dentiste, tu ressembles à un complexe pétrochimique.

— Et je te raconte pas la douleur...

Ruslana montre ses bagues métalliques qu'elle ne parvient plus à cacher malgré les crampes autour des lèvres.

Mila grimace et touche sa dentition chaotique.

— Tu en as pour combien de temps ?

— Un an ferme...

— Et pour les mecs, tu fais comment ?

— La question ne se pose pas, dès que j'ouvre la bouche, ils partent en courant.

Les deux adolescentes éclatent de rire et croquent leurs beignets avec appétit. Ruslana glisse ses cheveux sous ses fesses. Les rayons du soleil se reflètent sur sa blondeur. Un regard en coin vers son amie, un sourire hésitant. Sans Mila, Almaty serait invivable.

— Je vais donner des leçons d'allemand aux enfants des Vozdvizhenka.

— Tu déconnes ?

— Maman a besoin d'argent...

— Toutes les mères du Kazakhstan ont besoin d'argent, Ruslana. C'est pas à toi d'assumer !

— La mienne est crevée. Elle fait tellement de ménages qu'elle a balayé au moins l'aller-retour jusqu'à New York. Je la connais, elle ne bronche pas mais elle est au bout.

— Tu vas te faire exploiter.

— 500 tenges l'heure, à deux leçons par semaine, à la fin du mois, j'ai 4 000. En un an...

— C'est bien ce que je dis !

— Tu proposes quoi, Mila ? Que j'arrête mes études et que je finisse la gueule dans un seau d'eau à récurer la merde des autres ? Tu crois que j'ai envie de devenir comme ma mère, une stakhanoviste de l'éponge ?

— Tu peux gagner de l'argent autrement.

— Ah oui ? Tu proposes quoi ? Que je vole dans le sac des vieilles fauchées d'Almaty, que je parie sur des combats de coqs tadjiks, que je fasse du trafic de laine avec les chinetoques ?

Ruslana renifle. Elle observe Mila, sa frange coupée de biais, ses pommettes violacées, ses louches de mascara.

— Tiens, regarde ça...

Mila exhibe un ancien numéro du magazine *Continent.*

— Je l'ai piqué chez ma gynéco.

— Qu'est-ce que tu veux que j'en fasse ?

— Tu as vu les filles à l'intérieur ?

— Je mate rarement les nanas dans les magazines. A la limite ça plaît à mon frangin quand elles sont en petite tenue. Et alors ?

— Ces filles, on dirait toi.

— Je n'en vois aucune avec Tchernobyl dans la bouche.

— La tuyauterie, c'est temporaire. Tu as seize ans. Ces filles ont quoi ? 17, 18, il paraît qu'elles gagnent plein de fric.

— Maman en serait malade…

— Et pourquoi ? Si ça marche, si tu gagnes de l'argent, tu changeras sa vie, celle de ton frère…

— C'est un métier qui a mauvaise réputation.

— Tu trouves que tes Vozdvizhenka ont bonne réputation, Rus ? Tu ne t'es jamais demandée d'où ils tirent tout leur pognon.

— Ils sont dans l'import-export !

— La belle affaire, Rus. Medellín aussi fait dans l'import-export.

— Je ne vois pas le rapport…

— Le rapport, c'est qu'on te sert sur un plateau l'occasion de gagner de l'argent, de voyager, de t'amuser. Le rapport, c'est que si j'avais le dixième de ton potentiel, j'enverrais des photos de ma jolie trombine à toutes les agences de mannequins de Moscou. Le rapport, c'est que tu te plains mais tu ne fais rien pour t'en sortir. Tu m'exaspères.

Ruslana se lève. Le vent gonfle ses cheveux comme une grand-voile. Elle ne s'est jamais imaginée loin d'Almaty. Elle ne s'y voit pas vieillir non plus.

— Tu proposes quoi ?

Mila ronge le trognon de sa boskoop.

— D'abord, si tu pars, moi aussi je quitte ce trou.

— Ça me va...

— Ensuite, je pique l'appareil de mon père. Je te prends en photo. Ton visage et une autre en pied. En maillot, c'est important.

— Un maillot ?

— Tu vas déchirer !

— ... Mon une pièce de l'école ?

— Pourquoi pas une burqa, Rus. Un deux-pièces sexy, un string. Ma mère a tout ce qu'il faut. Je te rappelle qu'elle était miss Karaganda 1970, elle a gardé ses costumes de scène... Après on envoie un courrier aux meilleures agences de Moscou.

— Ils ont déjà les plus belles filles du monde en Russie, je ne vois pas pourquoi ils iraient recruter dans notre tiers-monde.

— « Les plus belles filles de Russie », c'est un jingle publicitaire pour les nostalgiques de la Guerre froide. Quand tu viens d'Ukraine, de Lituanie, d'Estonie, de Géorgie, désolée mais tu n'es pas russe. Et toi, Ruslana Korshunov, tu es une fille de l'Est, mais tu n'es pas russe. Tu es kazakhe jusqu'à la fin de tes jours.

9 octobre 2003

Une Caesar salad sans croûtons, une demi-Ferrarelle, la migraine, un Advil, un sorbet aux nèfles, un cappuccino avec des sucrettes, une panacotta *sugarfree*, un deuxième Advil, un carré de chocolat amer, un coup de fil acerbe de la rédactrice en chef du *British Vogue*, plutôt d'une assistante sous crystal meth, un message mielleux laissé à Mario Testino pour le shooting du *Harper's* aux Maldives, un double appel de l'agence milanaise Riccardo Gay, un SMS du directeur artistique de Paul Smith, une carafe d'eau glacée, un rot, et à 14 h 30, Carrelyn Watts demande l'addition.

Aujourd'hui, le restaurant est désert. Pas de people, pas d'actrice en souffrance, pas de chanteur aphone, pas de photographe célèbre, pas de styliste branché... Seulement Carrelyn Watts, son début de crise de colite et quelques anonymes sans intérêt.

72 livres ! Carrelyn Watts aurait dû rester à l'agence pour régler les détails de ses prochains déplacements en Europe de l'Est, insister auprès du directeur artistique du *Vogue* Italie, planifier un déjeuner avec l'agent de Jurgen Teller, commander cinq cents cartes de vœux « L'équipe de Glitter vous souhaite une année étincelante », réserver une séance de luminothérapie, un bain de boue aux oligo-éléments, trouver un coach, tomber amoureuse de son coach...

Une limousine aux vitres teintées se gare devant le restaurant. Un chauffeur aussi large que le pare-chocs. Les passants se pâment, une haie d'honneur pour Kate Moss et Mario Testino, elle très Cavalli, lui plutôt Savile Row, l'effervescence du patron, ils s'installent à la table en face de Carrelyn qui a mis ses lunettes de presbyte.

Kate Moss. La Moss. Rire électrique, toux rocailleuse, mimiques surjouées, cigarette au point mort, longs cheveux emmêlés mais sans nœud, grâce nonchalante, cernes juvéniles, teint nocturne, beauté épurée, formes minimalistes... L'icône a une mine de papier mâché. Des écouteurs énormes encerclent son cou, les Babyshambles éructent comme des nouveau-nés déshydratés, Kate dodeline, elle pourrait cracher, son mollard ferait cher sur eBay.

Carrelyn Watts signe le bordereau de l'American Express, laisse trois livres sterling de pourboire, ne résiste pas à un biscotti à l'anis et se lève. Testino ? Pas Testino ? C'est le moment. Kate susurre dans le Nokia, lui, consulte la carte des cocktails du jour. Elle se lance.

— Bonjour Mario, vous allez bien ?

— Oui merci, très bien et vous ? Le tout empaqueté dans un sourire en pilotage automatique.

— Carrelyn… Carrelyn Watts de Glitter…

— Hola, Carrelyn.

— C'est drôle, je viens justement de vous laisser un message à propos de la séance…

— *Si, si.*

— Juliana Khruninajka ? Un corps de sirène, des yeux lagon…

— *No, per niente* ! Trop bimbo, trop évidente, trop présente, trop *curvy*, trop *fake*. Trop !

— Innala Sherina ?

— *Chi*, jamais vue.

— La couverture du *ID* de septembre.

— *Non mi piace* ! Je veux des cheveux. Du volume. Brise, iode, embruns salés. Les Maldives pendant une tempête tropicale. Un tsunami haute couture. Une crinoline dans les rafales ! Sublime idée, non ! Il me faut des bouclettes, des tonnes de bouclettes… Je ne peux rien faire avec une tête déplumée.

— Maximova ? Gorbuniva ?

— *Impossibile.* Trop… Pas assez *Harper's.*

— Vous préférez quoi ? Métisse claire, foncée ?

— Girl next door.

— Je vous rappelle alors… Hello Kate ! (Tu me reconnais ? Et si je me mets sur la pointe des pieds… J'étais stagiaire chez Storm quand tu as commencé. C'est moi qui photocopiais tes books, pliais tes composites, me cassais le cul pour déplacer tes rendez-vous parce que madame n'était pas du matin. Bon, je te l'accorde, j'ai un peu forci, mais si, c'est moi…)

— Ciao Carolyn.

Carrelyn. Carrelyn Watts. La Watts. Qui aurait préféré le coup de boule.

Sourire à Kate Moss, plutôt sourire à son cuir chevelu assuré un million de dollars.

Carrelyn Watts file.

10 octobre 2003

L'Alliance Allemande
17 avenue Bai
Almaty

La bâtisse est immense, un grand paquebot perforé de minuscules hublots, échoué au centre d'Almaty. Longtemps, les habitants l'ont évitée. Jamais ils n'empruntaient le côté impair de l'avenue. Ils faisaient le détour en chuchotant et en marchant la tête basse. L'ancien siège du KGB faisait toujours peur.

Le grand-père Korshunov l'avait connu de l'intérieur. « On » lui reprochait sa foi trop voyante. Il vénérait la Vierge Marie. Or l'Union soviétique était monothéiste, il n'y avait guère de place pour d'autres dieux que Staline. Quand Zoltan Korshunov sortit de sa détention, il n'avait plus foi en rien. Son visage était de cire, figé dans un rictus…

Au fil des années, la mémoire des vieux a faibli. Almaty a préféré tourner la page. Les passants traversent du pair à l'impair sans un nœud au ventre, les jeunes s'embrassent, leurs rires ne sont plus des armes antirévolutionnaires.

L'immeuble a été repeint en blanc. Trop blanc pour être honnête, disent les récalcitrants. C'est le Centre de Conférence, de Réunion et de Savoir. Appellation un peu pompeuse pour se persuader qu'il y a une vie culturelle à Almaty. Chaque étage est jumelé avec un pays. On y apprend l'anglais au premier, l'allemand au deuxième, le chinois au troisième, l'espagnol au quatrième et l'italien au dernier.

Le deuxième est l'étage préféré de Ruslana. Non pas pour l'amour de la langue qu'elle pratique avec autant d'aisance que l'anglais, mais grâce à la dévouée et inventive Fraulein Pia Ludwig. Une femme de cinquante ans, osseuse, ridée, grise des pieds à la tête et aussi rêche que le timbre de sa voix. Le plus effrayant dans le physique de Madame Ludwig est son œil droit. Immobile, sans éclat, orienté pour le restant de ses jours vers la pointe de son nez à cause d'un terrible accident de voiture qui avait coûté la vie à son fiancé une semaine avant leur mariage. Elle avait vingt-deux ans et après quinze jours de coma, dix mois de rééducation et des années de chagrin, Madame Ludwig avait décidé de recommencer à vivre et de surmonter son handicap. Elle avait quitté Hamburg pour Berlin, obtenu un emploi de bibliothécaire à l'université de Humboldt, vendu sa Volkswagen neuve pour un vélo d'occasion et était tombée amoureuse d'un étudiant kazakh. Il passait ses journées dans les livres. Il était plus jeune, quinze années de différence dans laquelle elle avait plongé sans réfléchir. Valerio était ténébreux, sa peau douce et imberbe, ses yeux bridés, il faisait l'amour comme un skieur hors-piste. Pia n'avait pas d'enfant. Elle se contentait d'histoires de cul sans lendemain, de cigarettes sans nicotine, d'une dizaine de chats et autant de litières. Elle était trop laide pour espérer une belle histoire. Pourtant, elle avait tout quitté pour Valerio. Son appartement de Rathaüs, son job à la bibliothèque, ses rares amis… Elle avait débarqué à Almaty avec une valise de deutsche marks, une cage pleine d'angoras, une nouvelle coiffure plus Europe de l'Est qu'Europe de l'Ouest, l'adresse de Valerio et un traitement hormonal pour envisager une grossesse après quarante ans. Elle n'avait pas rêvé, il l'avait suppliée de venir… Pia était rentrée à nouveau en dépression. Trois années à Almaty, c'est pire que mourir. Elle louait un meublé au dernier étage de l'hôtel Berlina et ne sortait que pour acheter du tabac et des croquettes Smilla Kitten. Elle ne souffrait pas du mal du pays ou de sa gueule cassée mais du mal de Valerio. D'avoir cru à l'impossible, de s'être projetée dans un avenir voué à l'échec, d'avoir imaginé un instant qu'elle aurait un ventre qui s'arrondirait pour une raison autre que des litres de Michelob.

Pia Ludwig n'avait jamais songé à repartir. D'ailleurs, elle n'était pas plus attendue à Berlin qu'ici.

La dépression s'est estompée lentement, le haschisch a remplacé les Camel de contrebande, la coupe de cheveux s'est laissée aller, comme tout le reste. Pia Ludwig a quitté la chambre et les meubles qu'elle n'avait pas choisis pour une petite maison sur les hauteurs d'Almaty, le long de la rivière Malaia Almatinka. Elle a d'abord organisé un festival de films germaniques dans le seul cinéma de la ville : Fatih Akin, Wim Wenders, Rainer Werner Fassbinder, Volker Schlöndorf... Elle a imprimé à ses frais les affiches du festival qu'elle a collées elle-même un peu partout dans la ville. Douze films projetés et autant de spectateurs.

Pia était dans les bons papiers de la mairie et la dépression semblait aussi lointaine qu'une maladie infantile. En 2002, en grande pompe, devant les objectifs de toute la presse locale, régionale et nationale, soit quatre photographes survoltés et conscients de vivre un moment fort dans l'histoire de leur pays, Pia a été nommée directrice générale de l'Alliance allemande d'Almaty.

— Avant de se quitter, je vais vous donner un peu de travail. Pour le prochain cours, vous préparerez un texte sur le plus beau jour de votre vie... C'est compris ?

Une cinquantaine de jeunes marmonnent un *Ja* sans entrain.

Pia s'assoit sur le tabouret au milieu de l'estrade et observe ces adolescents. Aucun n'est obligé de venir. Aucun n'est contraint de dépenser ses microscopiques économies dans des cours d'allemand prodigués par une Berlinoise aigrie et dépendante. Pourtant, ils viennent, et de plus en plus nombreux. Ils ne sont pas tristes mais leur soif d'apprendre et leur curiosité donnent le cafard.

— Ruslana, j'ai l'impression que c'est un sujet qui t'inspire. Pouvons-nous profiter de ta réflexion ?

La frêle silhouette de la jeune fille se déplie entre un poster de la porte de Brandebourg et la reproduction d'un timbre-poste à l'effigie d'Anne Frank.

— Ce n'est pas intéressant...

— Peu importe du moment que c'est en allemand.

— Je ne veux pas parler...

— Dans ce cas, il ne fallait pas venir, mademoiselle. On est dans un cours de langue vivante, on est ici pour s'exprimer. Avec des erreurs de syntaxe, des fautes de vocabulaire, on se lance. Aucune dérogation spéciale, même pour ma meilleure élève.

— Je préfère écrire...

Les élèves évacuent la salle.

Pia Ludwig fait signe à Ruslana de rester et sort une feuille à rouler. Troisième pétard de la matinée.

— A cinquante balais, autant prendre une camomille avec un quart d'anxiolytique, tu ne crois pas ? Enfin, j'en ai assez bavé dans mon existence, j'ai le droit de choisir mon mode de défonce... Surtout que le directeur, c'est moi.

Pia Ludwig inhale la marijuana.

— Qu'est-ce qui se passe, mademoiselle Korshunov ?

— Le plus beau jour de ma vie, j'espère qu'il est devant moi.

Pia brûle quelques millions de neurones en une seule bouffée.

— Tu es spéciale, Ruslana. Tu as une flamme au fond de toi. Quelque chose de plus que tes camarades.

— A quoi ça sert franchement d'être différente des autres. Dans ce trou, on naît personne, on vit personne, on meurt personne...

— Certains s'y résignent, mais pas toi.

Ruslana toise son professeur et son joint incandescent. Il faut être une bête de concours pour oser poser un orteil hors d'Almaty. Tout dépendra de sa volonté, de son acharnement. Elle sait juste qu'elle ne pourra jamais devenir quelqu'un ici. Ruslana Korshunov, l'ange doré de Viktor, la princesse slave de Galina. Depuis toute petite, elle s'imagine autrement. Loin, mieux, belle, reconnue, en relief.

Ruslana se recroqueville contre un poster de Günter Grass. Parler allemand est mieux qu'un visa de longue durée. Pia Ludwig est sa chance.

— Je vais donner des cours d'allemand aux…

— Aux fils Vozdvizhenka, je sais.

— Qui vous l'a dit ?

— Leur père m'a demandé mon avis. Tu es douée, tu as la patience… Ça te fera de l'argent de poche.

— Je suppose que vous attendez des remerciements.

Pia Ludwig s'approche de son élève. Elle aurait aimé avoir une enfant comme Ruslana, une créature de conte de fées, fragile, mystérieuse, forte.

— J'attends des câlins de mes chats, j'attends le pétard de ce soir, j'attends de relire pour la centième fois *La Foire aux Vanités*, j'attends les premiers flocons sur les cimes des montagnes Ala-Taou, j'attends un nouveau traitement contre mes douleurs cervicales et surtout j'attends que tu croies en toi. Tu es têtue, Ruslana. Ça te sauvera.

— Maman dit que ça me perdra...

Pia Ludwig écrase son joint sur sa semelle en crêpe.

— Va t'aérer avec les autres.

— Vous me conseilleriez quoi si j'étais de votre famille ?

— De sourire plus souvent, de te tenir droite...

— On s'en fout de ces trucs-là. Maman me les répète à longueur de journée. Vous croyez que ça lui rapporte quelque chose de se tenir comme une comtesse ? Maman lessive et nettoie la crasse des autres. Chaque matin, elle rempile. Tant qu'elle pourra se mettre à genoux et que ses bras lui obéiront, elle récurera le merdier des rares bourgeois d'Almaty. Alors ses recommandations...

On frappe.

Pia Ludwig glisse son mégot dans la poche de son gilet.

— Entrez !

Une métisse rondouillarde en tongs et cambrure brésiliennes suivie d'un immense chauve piercé, moulé dans un débardeur *Fuck in Mýkonos* passent la tête dans l'encoignure.

Pia Ludwig fronce les sourcils. Hallucinations ? Prémices d'un delirium tremens ? Le Kazakhstan n'a jamais vu de tels spécimens.

— Mon cours affiche complet, jeunes gens. Il reste des places en italien, au dernier.

La Black light secoue ses dreadlocks.

— C'est le maire qui nous envoie. On vient de Londres et on travaille pour le magazine *All Asia*. Je suis Heather, lui c'est Magnum.

— Magnum a rasé sa moustache ?

Pia Ludwig et Ruslana étouffent un rire. La diffusion des aventures du vétéran du Vietnam en 308 GTS fait un tabac sur Khabar Agency, la chaîne de télévision la plus populaire du pays. La série a trois décennies et ces deux énergumènes ont à peine vingt ans. Ils n'ont jamais entrevu un centimètre du torse poilu de Tom Selleck.

— Et qu'est-ce que le maire vous a promis ?

Crâne d'œuf tripote les anneaux le long de ses arcades sourcilières.

— *All Asia* est distribué dans les avions des compagnies aériennes de toute l'Asie du Sud-Est. Wizz Air, Central Wings, Flylal, Blue Airlines…

— Monsieur Magnum, j'ai une peur panique de l'avion. Même quand je regarde le ciel, j'ai le vertige. Je ne vois pas ce que je pourrais vous raconter à part mes cauchemars de crash aérien.

— On veut juste montrer un peu la vie locale à Almaty, les endroits à visiter…

— Le maire me considère donc comme un endroit à visiter. Une ruine, j'imagine !

— Voici notre dernier numéro. On était à Riga.

Pia Ludwig et Ruslana feuillettent le magazine. Du papier glacé illustré d'églises désaffectées, de monastères délabrés, de marchés clairsemés, de fontaines sèches et de visages tristes.

— Ah, je comprends, vous cherchez du glamour !

Pia Ludwig expectore.

Grimace de la journaliste en Havaïanas jaunes.

— On voudrait prendre des photos de votre classe, quand vous êtes avec vos étudiants. Ce serait vivant, dynamique. Avec un commentaire du genre... « La jeunesse d'Almaty a soif d'apprendre ».

— Dites-moi, *All Asia* veut le prix Pulitzer...

Pia Ludwig s'approche du type. Elle lui sourit avec son haleine de tout-à-l'égout. Un homme qui s'enduit d'huile de monoï en plein hiver dans le but de réaliser un reportage sur Almaty a besoin d'aide.

— Bon, j'accepte, mais à une condition : votre reportage se focalisera sur cette demoiselle. C'est ma meilleure élève, la plus assidue...

Ruslana redresse ses épaules, tire son menton vers le haut et garde son appareil dentaire caché sous ses lèvres.

Heather scrute la fille gramme par centimètre.

— Et pas la plus moche. Tu as quel âge ?

— Seize ans.

— Dingue tes cheveux ! Toni and Guy ?

— Galina and Viktor.

— J'adore trop.

Pia Ludwig tapote gentiment le dos body-buildé du photographe. Sa main embaumera les fleurs de Tahiti jusqu'à la prochaine lune.

— Grâce à Ruslana, Almaty va devenir la nouvelle plaque tournante du tourisme de masse. Voulez-vous que j'appelle les autres ?

— Cinq minutes, dear Pia. Avant, je voudrais prendre quelques photos de...

— Ruslana.

— Mortel ton prénom, baby. Il déchire grave. Viens par là, la lumière est meilleure. En plus, de la fenêtre je vois la statue Amanguu...

— Amangueldy Imanov.

— Avouez que Winston Churchill, c'est quand même moins balèze à prononcer. OK ! Un grand sourire maintenant. Ah ouais, il y a un mégablème. Tu pourrais pas retirer ton appareil par hasard ? Non ! Tant pis. Garde la bouche fermée et essaie de te marrer avec les yeux. Yes ! Tu es supermignonne, Ruslanov.

1er novembre 2003

Web Café Abaï
134, avenue Seiffuline
Almaty

A : ruslana-korshunov@yahoomail.kz
Cc :
Objet : Candidature numéro 12343

Moscou, 1-11-03

Chère Ruslana,

Chaque matin, nous recevons une centaine de demandes de candidatures et chaque matin, 99,99 % d'entre elles atterrissent dans la poubelle. Le succès est une question de timing. Il faut correspondre à l'air du temps.
Nous sommes la plus grosse agence de Moscou avec des filles aussi célèbres que Ksenia Konyukhoniv ou Julina Shvetik. Nous nous devons d'être très sélectifs. iFashion souhaite représenter des mannequins à fort potentiel. Nous sommes là pour défendre leurs intérêts en Russie et à travers le monde. Nos filles

40

travaillent avec les meilleurs photographes et pour les magazines les plus prestigieux.
Je te propose de venir à Moscou pour nous rencontrer. Bien sûr les billets sont à notre charge. Comme tu es mineure, nous paierons aussi le billet de ton accompagnateur (ton père, ta mère…)
Que dirais-tu du 10 novembre ?

Darya Volkov
daryavolkov@ifashion.ru
Directrice de booking

Pour la première fois de sa vie, Ruslana va préparer une valise, prendre un avion, quitter sa terre natale, respirer un autre oxygène, croiser des gens nouveaux.

Mila avait raison d'insister, d'emprunter l'appareil photo de son père, de lui imposer le string lamé, de la forcer à imiter les poses lascives de Natalia Vodianova, d'envoyer le pli en express… raison d'y croire pour deux.

Ruslana relit le mail pour la dixième fois. Elle doit d'abord annoncer la grande nouvelle à sa mère.

Effacer son historique.

Eteindre son ordinateur.

Calmer son excitation.

C'est un jour ordinaire.

Lavon Varlimov, le patron lituanien du premier cybercafé d'Almaty est assis derrière sa caisse. A soixante ans, son asthme chronique et son sens des affaires l'ont conduit à vendre sa distillerie de cidre pour acheter un local et des PC. Le business est florissant, Varlimov a déjà doublé sa superficie, il compte ouvrir une annexe de l'autre côté de la ville.

Les habitués comblent le vide de leurs journées dans les quelques jeux vidéo autorisés par le gouvernement. Fédor sous sa capuche FC Kairat se concentre sur les parties de Dragon Ball Z à grand renfort de Baltika. Dima a autant de boutons d'acné sur le visage que de touches sur son clavier, il s'imagine dans la peau d'un manga exterminateur caché derrière des lunettes de ski et des bracelets cloutés. Petr se prend pour un hacker surdoué qui manipule le KGB et qui est le seul garant de la stabilité de la planète. Rita reste prostrée devant un écran, totalement analphabète mais éperdument amoureuse de son pirate informatique de pacotille, elle peint et repeint ses faux ongles avec des motifs nationalistes kazakhs…

Lavon Varlimov offre un sourire édenté et un jeton vert à Ruslana.

— Tu as payé pour une heure et tu as passé

à peine dix minutes. Je te rends ton jeton pour une prochaine fois.

— Merci, Lavon.

— Pas de *chat*, aujourd'hui ?

— Je n'ai pas trop le temps... Je vais partir pour Moscou...

— Pas sûr que tu reviennes alors.

— Hors de question. J'ai mon jeton vert et je suis pas du genre à gaspiller.

— Si tu veux, je peux te donner les coordonnées d'un de mes cousins, Radomir. C'est la star de la famille. Il a gagné une médaille de bronze aux barres parallèles des JO d'Atlanta. Il a un webcafé près du musée Chaplygin. Dis-lui que tu viens de ma part, il te fera des prix. Il est un peu radin mais il aime les jolies filles, surtout si elles lui mettent deux têtes. Je te parie dix jetons rouges qu'il voudra t'impressionner.

Lavon reprend son souffle, sa cage thoracique est une armure.

— Et tu vas faire quoi chez les gens civilisés ?

— Désolée mais je n'ai pas droit de le dire...

— Pas un fiancé quand même ?

Ruslana rougit.

— Disons que ça concerne mon avenir...

Une pression sur le collutoire, Lavon retient le peu d'air qu'il a inspiré.

— Depuis quand notre avenir se joue entre le Kremlin et le mausolée de Lénine... ? Tu sais,

Ruslana, les gens de ma génération ne s'habi-
tuent pas à voir notre jeunesse s'en remettre à
Poutine.

— Tu sais, moi la politique...

— Ta vie te ressemblera, jeune fille. Je crois
que tu n'as aucun souci à te faire.

Ruslana s'enferme dans sa doudoune et traverse l'avenue Seiffuline au pas de charge.

iFashion vient tout bouleverser. On va l'aimer,
la désirer, la suivre, la scruter, la sublimer...

Ruslana s'est arrêtée devant chez elle.

Frigorifiée. Bouillonnante.

Des gamins dribblent avec des boîtes de
conserve vides.

Dans un coin du parking, entre des épaves
de voitures incendiées, des ados déjà cuits se
finissent à la gnôle.

Ruslana prend conscience de la laideur de
son immeuble. L'ennui coule sur le toit, les bri-
ques, les fenêtres et les terrains vagues. Les
plantes vertes n'y ont pas résisté. Le bâtiment
41 de la rue Tchoubary tire la gueule pour le
restant de ses jours.

Ruslana a envie de s'enfuir.

Troisième étage sans ascenseur. Des marches
de guingois, des trous dans le ciment.

L'odeur du beshbarmak par toutes les ser-
rures. Un pot-au-feu de mouton et de nouilles

pour réchauffer les estomacs et les cœurs. Ruslana fait grincer la porte du deux-pièces. La photo de Viktor en militaire dans un cadre maintes fois recollé. Le papier peint fané. Le lino usé. Avachi dans le canapé-lit du salon, Rouben somnole sur ses devoirs. Galina s'active devant son réchaud, elle a le visage marqué et des cernes assortis à son tablier bleu.

Ruslana embrasse la joue de sa mère. Son parfum au jasmin a tourné.

— Ta journée ?

— Pas mal du tout. J'ai eu 19 en anglais. Et j'ai plutôt assuré le contrôle de maths.

— Bravo, ma chérie.

Ruslana ouvre le réfrigérateur. Des fonds de bouteilles. Un saucisson de cheval fossilisé.

— Je n'ai pas eu le temps de faire les courses…

— Je pourrais y aller demain si tu veux. Je n'ai pas cours le matin.

— On verra, trésor… Je préfère que tu remplisses ton cerveau qu'un caddy.

Ruslana grimpe sur le plan de travail lacéré par les lames de couteaux. Viktor adorait découper les moutons. A chaque changement de saison, il organisait une fête avec tous les habitants du quartier. Chacun payait une partie de la bête, le père de Mila préparait le barbecue près du local poubelles et Viktor découpait l'animal.

Malgré les odeurs de graillon, le bâtiment 41 vivait ses meilleurs moments.

Après le festin, Ruslana et Mila comptaient les étoiles en se demandant lesquelles étaient visibles depuis le sommet de l'Empire State Building.

— J'ai un truc à te dire...

— 17 ans ! Forcément ça devait arriver un jour ou l'autre.

— En fait... C'est Mila qui a eu l'idée.

Galina lance sa cuiller en bois dans l'évier et pince les lèvres.

— Je crains le pire.

— J'ai trouvé un moyen de gagner de l'argent.

— Mila n'a qu'à le faire puisqu'elle est si maligne. Ça évitera à sa mère de nous demander du fuel.

— Il n'y a que moi qui peux...

Galina s'affale sur sa chaise.

— Je t'écoute.

— J'ai reçu une lettre d'une agence de Moscou.

Galina déglutit bruyamment et fait signe à sa fille de poursuivre.

— iFashion est la plus grande agence de mannequins de Russie...

— C'est une blague ?

— Je leur ai envoyé des photos...

— Tu crois quoi, Ruslana ? Ton joli minois va payer le loyer, les charges, la nourriture, le docteur, j'en passe et des meilleurs.

— Pourquoi pas…

— Je dois déjà entretenir un fils persuadé qu'il lui suffit de se promener en survêtement du FC Alma Ata pour devenir footballeur professionnel et voilà maintenant que ma fille, la seule brillante de la famille, que je pousse pour qu'elle ne finisse pas comme sa pauvre mère à moitié analphabète, se voit mannequin. Il est hors de question que tu abandonnes tes études parce que cette imbécile de Mila fantasme sur Claudia Schiffer. Travaille ! C'est encore ce que tu as de mieux à faire si tu veux vraiment m'aider.

— Mais, maman…

— Tais-toi. Et que je ne te vois plus avec cette traînée de Mila ou je vais aller en parler à ses parents.

— Ce n'est pas ce que tu crois.

— Sache que je crois en rien. Native d'Almaty, sceptique pour la vie. Y a que ce que je vois. La chasse des chiottes qu'il faut changer, les nouveaux crampons pour ton frère, les traites de l'appartement… Le reste, c'est de la poudre aux yeux pour des naïves dans ton genre. Mannequin avec tes dents ! Tu leur as dit que tu

avais tout l'acier du Kazakhstan sur les râtiches ? Ah, ils vont pas être déçus chez jFashion.

— iFashion.

— I, j, k, l ! On s'en fout, mon ange.

— Ils nous payent le billet d'avion. On ne risque rien de les rencontrer. Et puis ça nous fera
un voyage… un souvenir ensemble, un moment
un peu magique. Moscou, tu te rends compte,
il n'y a que papa qui connaissait…

— Tu sais très bien que je ne peux pas me
permettre de manquer une journée de travail.
Ça ne rime à rien. Et puis on sait tous comment ça se passe, ils te promettent monts et
merveilles et après ils te demandent du pognon.

— Ils sont sérieux, maman. J'ai regardé leur
site internet.

— Tu n'es pas heureuse ici ? C'est ça. On
n'est pas assez bien pour toi. Je pue la javel et
mademoiselle Korshunov a la folie des grandeurs. Tu imagines que la merde à Moscou
sent la rose ?

— Je veux juste voir si j'ai une minuscule
chance de gagner beaucoup d'argent, beaucoup
plus que je ne pourrais jamais espérer ici. Ce
sera pour toi cet argent, maman. J'en ai marre
de te voir trimer pour nous, de te laver à l'eau
froide pour ne pas vider le ballon, de dire que
tu n'as pas faim pour remplir nos assiettes…
Mais ne te bile pas, je ne compte pas être man-

nequin toute ma vie. Dans un an, si tu estimes que j'ai perdu mon temps, j'arrête tout.

Rouben débarque dans la cuisine. Crête d'Iroquois platine, petit bouc noir, il bâille en se grattant les couilles.

— J'ai la dalle. Y a quoi à béqueter ?

— La même chose qu'hier en plus sec et en moins copieux.

Ruslana et son frère s'assoient sans broncher.

Galina pose la marmite sur le dessous-de-plat en liège.

Personne ne se sert.

La télévision du voisin s'invite à la table. La météo pourrie, les titres alarmistes du journal, des chansons folkloriques pleines de spleen.

Galina s'appuie à son dossier, elle a besoin d'être soutenue. Bref coup d'œil à la photo de Viktor.

— Je vais partir une journée avec Ruslana à Moscou.

— Ah ouais. Ruslana fayote et toi tu tombes dans le panneau. Comme d'hab !

— Sors de table.

— Pour ce qui y a à bouffer…

Rouben lance un regard assassin à sa sœur. Suit un pff de postillons.

— C'est pas nouveau. Ruslana était la chouchoute de papa, alors forcément elle reste ta préférée.

— Comment tu oses dire des âneries pareilles ?

— Je suis bon à rien, je suis une brêle en cours, j'ai pas des dents mais une barrière de corail, je suis pas la priorité quoi. Pas la peine d'être chercheur à Baïkonour pour s'en apercevoir.

— Personne n'est la priorité, Rouben. Notre pays, c'est le dernier strapontin du dernier wagon. On est entassés les uns sur les autres en essayant de survivre.

— Je m'en fous, moi aussi je vais me casser à Moscou, pas besoin que ma mère me tienne la main pour glander sur la Place Rouge.

— Ruslana est invitée à Moscou par une agence de mannequins.

Rouben explose de rire.

— Ah ouais, mortel.

— Ils ont vu mes photos, ils veulent me rencontrer…

— Putain, je vais envoyer les miennes alors. S'ils donnent dans les *freaks*, j'ai toutes mes chances.

— N'essaie pas d'être plus méchant que tu n'es, Rouben.

— Tu piges rien, miss monde. Je suis pas méchant, je suis moins cruche que toi. T'imagines franchement que tu peux devenir… (Rouben force son rire) désolé, c'est trop énorme. Mannequin à Moscou, mais t'as une idée de la

50

bombe qu'il faut être ? T'as même pas de nichons.

— Rouben !

— Ben quoi, c'est vrai, m'man. Ces filles sont gaulées comme des déesses, Ruslana n'a pas le matos.

— Ils m'ont envoyé un mail.

— Je te répète que les nanas qui font ce job sont surfoutues. Même leurs organes sont photogéniques. Jusqu'à preuve du contraire, t'es juste une petite minette d'Almaty qui va faire exploser les portiques de sécurité de l'aéroport avec le piège à souris que t'as dans la bouche.

— Tais-toi ! Ruslana et moi partirons à Moscou, nous ferons l'aller-retour dans la journée… On verra bien ce qu'ils proposent. S'ils proposent quelque chose. Au moins tu en auras le cœur net.

Ruslana ne bouge pas.

La main rêche de sa mère dans la sienne. Les crevasses à cause des lessives. Les plis d'amertume au-dessus des lèvres. Les commissures gercées. Puis des larmes dans les yeux des deux femmes plus proches que jamais.

Airbus A320 de la British Airways.
Entre Tbilissi et Londres

Carrelyn Watts n'arrive pas à dormir. Malgré l'espace pour les jambes, le confort du fauteuil, les mignonnettes de cognac, l'absence de turbulences, elle gamberge. Son esprit en vrac, elle tente de maintenir les yeux fermés.

Le bilan de son séjour à l'est de la Baltique ? La petite blonde de Kiev a un corps magnifique mais un visage trop poupin, la rouquine de Tallinn a un nez en trompette et trop de taches de rousseur, aucune fille retenue à Vilnius, personne à se mettre sous la dent à Riga, un désastre à Moscou... Elle rentre à Londres avec une dizaine de Polaroïd surexposés et des composites de gamines quelconques qui finiront à la corbeille.

Exaspérée, elle redresse son dossier. Le cognac a un effet dévastateur sur son humeur. Hargneuse, elle allume sa veilleuse et sonne l'hôtesse.

— Madame, je peux faire quelque chose pour vous ?

— Vous asseoir...

— Je ne suis pas autorisée à m'asseoir, désolée madame. En revanche, si vous voulez boire quelque chose...

— Je vous demande un peu de compagnie et vous voulez me saouler ?

— Ou manger, je dois avoir encore quelques plateaux-repas...

— Me goinfrer ? Vous ne croyez pas que j'ai assez de mal comme ça à me tasser entre vos deux accoudoirs. Même Kate Moss ne m'a pas reconnue l'autre jour. Et pourtant, je peux vous dire qu'à une époque on se voyait dix fois par jour... Mais voilà, chaque année, je prends cinq kilos. A ce rythme, je mourrai aussi lourde qu'un Boeing...

— Navrée madame, un autre passager m'appelle.

— S'il se sent seul, s'il est mignon et s'il aime les grosses carlingues insomniaques, soyez chou, envoyez-le-moi.

L'hôtesse s'efforce de rire et arpente au pas de charge la moquette bleue et rouge.

Carrelyn Watts vide son sac en autruche turquoise sur la tablette, à l'abri des regards.

Elle, Vogue, Mademoiselle, Red... Futile. Echantillons de crèmes « Premières Rides. Premières ridules. Premiers signes du temps. » Obsessionnelle. Boîtes de mélatonine biologique.

Conscience écologique latente. Tablettes Nicorette. Hypocondriaque. Deux paquets de MS entamés. Inconstante. Une minibible, une étoile de David en porte-clé, une main de Fatima en fond d'écran sur son Blackberry, une photo dédicacée de Richard Gere avec le Dalaï Lama. Absence de réponses aux questions fondamentales mal vécue. Prozac. Influençable. Un gel antibactérien et du talc antiodeurs. Phobique. Boîte de préservatifs Manix Easy Fit neuve. Optimiste malgré tout. Les derniers albums d'Elton John et de George Michael. Immature.

La vie de Carrelyn Watts tient sur vingt centimètres carrés. Prise d'un élan de pudeur, elle renferme le fourbi dans son sac.

Ce voyage n'en finit pas.

Ses bas de contention la serrent. Peut-être devrait-elle marcher mais elle se sent trop fatiguée.

Elle introduit sa carte de crédit dans le téléphone.

— Salut Francesco, c'est Carrelyn.

— Salut ma belle, tu appelles d'où ?

— Ta belle végète dans un avion qui se déplace aussi vite qu'un U.L.M. et dont j'ai vidé la réserve de cognac. Ça fait une semaine que je sillonne l'Europe de l'Est à la recherche de la nouvelle star des podiums.

— Good shopping ?

— Même en soldes, je n'aurais pas déboursé un centime. Les jolies filles deviennent aussi rares que le thon rouge en Méditerranée.

— Cherche des mecs et emmène-moi dans tes bagages, tu ne seras plus seule pour voyager.

— Comment tu vas ?

— Comme un homo qui n'a pas baisé depuis trois jours.

— Je t'envie, salopard ! Depuis trois mois en ce qui me concerne...

— Vire ta cuti. Je suis certain que tu ferais des ravages chez les nanas.

— Les nanas, je les fais bosser, je les fais bouffer, voyager, je les pouponne, je les console, alors en mettre une dans mon plumard, non merci.

— Je croyais que l'agence avait trop de filles.

— Trop de filles mais pas la bonne. On a dû en virer une dizaine fin octobre. Les Latines n'ont plus la cote. Dès qu'elles prennent de l'âge, elles prennent du postérieur. Les couturiers aiment les ninjas lyophilisées. Du XXXS, de l'anneau gastrique, de l'anorexie sévère... On a perdu 12 % de chiffre d'affaires lors de la dernière Fashion Week. Si ça continue mes projets de maison avec jardin près de Wimbledon vont se réduire à un studio avec jardinière à Brixton. Je veux bien me défoncer mais pour des résultats... Tu te rends compte que j'ai failli récupérer Natalia Vodianova... On s'est vues, on a parlé... le deal a échoué au dernier moment. C'est elle qui me fallait, une fille pour laquelle un couturier serait prêt à débourser 100 000 livres.

— Je croyais que Juliana Krunino je ne sais pas quoi était ta nouvelle étoile.

— Testino ne l'aime pas ! Pas la peine d'insister. Elle ne shootera jamais pour le *Harper's*. Elle est cuite, elle ne sert à rien. On la dégage à Hamburg... J'ai la gerbe, c'est atroce...

Vite, le sachet en papier ou Carrelyn Watts customise ses Jimmy Choo avec les morceaux du lapin à la moutarde de son plateau-repas. Vite... Trop tard.

— Tu m'entends ? Je ne t'entends plus... Carrelyn ?

Elle met sa couverture en boule et la fait glisser sous la rangée devant elle. Ni vu ni connu. Gel Assanis pour désinfecter ses mains, trois dragées de Nicorette pour l'haleine.

— C'est une honte ! Pas un sac pour vomir ! J'ai payé 600 livres pour être empoisonnée, et question loisirs... Une revue Duty Free pour nouveaux riches de l'Est... C'est à pleurer... Attends, j'ai gardé le meilleur pour la fin. *All Asia*. Tout un programme ! Découvrez le Kazakhstan... Il paraît que c'est un pays. Je ne te raconte pas les appartements dans lesquels ils vivent... Même nos SDF n'en voudraient pas. *Almaty, ville des pommes, est la principale ville du Kazakhstan. Elle compte plus de 1 200 000 habitants...*

Carrelyn Watts s'interrompt brusquement.

Francesco s'inquiète.

— Tu vomis encore ?

— Je n'en crois pas mes yeux... Elle est magnifique...

— La vue ? L'hôtesse ?

— Une fée... Une bombe à retardement...

— Bon je te laisse. J'ai l'impression de parler à Sue Ellen.

— Tout droit sortie d'un conte de Grimm...

— Salut.

— Linda Evangelista à la grande époque. Avec une larme de slavitude...

— Bye.

— Raccroche pas, Francesco. J'ai trouvé ma fille. Une pépite. Ruslana Korshunov. Elle a 16 ans, des cheveux aux genoux, des yeux en or. Elle habite Almaty et apprend l'allemand avec une certaine Pia Ludwig. Le genre Anna Wintour qui aurait abusé du soleil, de l'alcool, de la drogue... bref moins chiante que l'original mais moins bien sapée.

— Chouette.

— Chouette ? C'est tout ce que tu trouves à dire ? Mais c'est génialissime ! Bordel de merde ! Ça fait un an que je cherche cette fille. Des années que je fais le tour du monde dans une cage à poules pour espérer trouver la perle rare. Elle est divine. Alléluia ! Je suis bénie. Elle est là, elle existe. Je t'aime RUSLANA !!!!!!

Les cris de Carrelyn Watts réveillent la moitié de l'avion.

— C'est énorme, Francesco. Tu ne peux pas imaginer la beauté.

— Elle a des pectoraux saillants, une barbe d'une semaine et un gros bazar dans le caleçon ?

— Branche-toi sur internet, chéri, je veux tout savoir sur le Kazakhstan.

— Maintenant ?

— Evidemment. Je bosse moi.

Carrelyn crève de chaud.

— *Almaty, l'ex-capitale du Kazakhstan, est située au centre de l'Eurasie et au nord de la chaîne de montagnes du Tian Shan. T, i, a, n, s, h, a, n...*

— Je ne fais pas une dictée, mec. Je veux juste tout savoir sur la future star de l'agence.

10 novembre 2003

iFashion
Ulitsa Sofi Perovskoy 14
Moscou

La mère et la fille n'avaient jamais entendu un bruit aussi assourdissant. Au décollage, le Tupolev s'était arraché de la piste à contre-cœur. D'en haut, Almaty leur paraissait plus beau et plus propre. Elles avaient entrevu la patinoire, la cathédrale Zenkov, puis l'appareil avait entamé un virage au-dessus des montagnes et crevé la masse des nuages gris. Les deux femmes ne s'étaient pas lâché la main du voyage.

Un chauffeur caché par une pancarte avec KORSHUNOV en lettres majuscules les attendait à l'aéroport. Viktor n'en serait pas revenu. Son nom s'affichait dans le terminal international B de Domodedovo. Les Korshunov, connus jusqu'à Moscou.

La voiture noire avec vitres fumées, fauteuils en cuir gold et paquet de mouchoirs sur la lunette arrière les avait conduites dans le centre-ville. La fille regardait à gauche, sa mère à

59

droite. Elles ne devaient rien perdre du spectacle, des habitants, du trafic. Les avenues défilaient, les croisements, les artères, les places... Ruslana voulait tellement ne rien manquer qu'elle n'avait rien vu.

La Mercedes s'arrête devant un immeuble rénové. Le chauffeur ouvre la portière et s'incline.

Les pieds de Galina sont ankylosés. Pour être digne de sa fille, elle a emprunté les escarpins d'une voisine qui ne chausse que du 37. Galina souffre le martyre mais elle a de l'allure.

Ruslana est déguisée en jeune mariée. Sous une robe en crêpe blanc trop volumineuse et un caraco en tulle, achetés dans la boutique « Fashion Kouture Kazakh » de la rue piétonne d'Almaty, elle a gardé son jean délavé. Deux nattes de part et d'autre, le collier en fausses perles porte-bonheur de Mila, ses baskets blanches.

Un moment de répit dans le hall majestueux.

Galina regarde sa fille dans le grand miroir. Jeune, fragile, exceptionnelle.

Ruslana a du mal à garder son calme. 140 pulsations à la minute. L'estomac noué. Elle n'a rien avalé depuis hier soir.

— Tu crois que je mets les talons maintenant ?

— Je donnerais cher pour retirer les miens. A-t-on idée de faire du 37 ?

— Maman, dis-moi, s'il te plaît. Ça fait cruche de se changer devant eux, un peu gamine qui débarque de sa province, non ?

Galina embrasse sa fille sur les cheveux restés électriques depuis le décollage.

— Je ne veux plus y aller.

— Tu vas y aller. Je ne suis pas déguisée en femme de Premier ministre pour tes beaux yeux.

— J'ai peur qu'ils soient déçus par rapport à la photo... Si on est venues pour rien, tu ne m'en voudras pas ?

— Tu n'as rien à te reprocher, c'est eux qui t'ont demandé de venir.

— Qu'est-ce qu'ils vont me dire ?

— Je suis femme de ménage, Ruslana. Je peux juste te dire que la rampe d'escalier a été lustrée récemment, le parquet sent la cire d'abeille, les carreaux ont été désinfectés à l'alcool à 90 °C... Ce qu'ils vont te dire ? Que tu es magnifique !

— Il aurait pensé quoi, papa ?

Galina dissimule son émotion dans un éclat de rire.

— Qu'on est sacrément culottées ! Mais ça lui aurait plu. Et puis, tant que je suis là, je te protège. Ton père tenait à toi plus que tout, tu sais.

— Alors on fonce madame Korshunov.

Ruslana et Galina montent les marches quatre à quatre.

Premier étage.

Un écriteau doré : *iFASHION. INTERNATIONAL MODEL AGENCY. ENTREZ SANS SONNER.*

En apnée, Ruslana pousse la porte vers sa nouvelle vie.

Eblouie par les spots.

Assommée par le brouhaha.

Asphyxiée par la fumée.

Des sonneries ininterrompues et des cris en russe, anglais, allemand.

Des murs blancs laqués recouverts de couvertures de magazines russes, anglais, allemands.

Deux canapés léopard.

Sur une table rectangulaire, des ordinateurs plats et grands comme des télés.

Des gens rivés à leur écran et greffés à leur oreillette.

Ruslana manque d'air. A cette heure, Rouben se bouffe les ongles et dribble dans un stade désert. Viktor se blottit dans un petit coin de sa mémoire. Mila regarde l'horizon en croquant dans la pomme du jour. Pia Ludwig parle à ses chats et à son premier joint. Lavon Varlimov classe ses jetons en maudissant ses allergies. Almaty s'éloigne. S'efface. S'enfuit.

— Bonjour, je suis Ruslana Korshunov.

Une grosse brune avec un bibi et une voilette bondit la première.

— Que tu es belle ! Mais que tu es belle... Encore plus inouïe que sur les photos. Darya Volkov, je suis la directrice du booking. J'espère que tu as fait bon voyage. Je suppose que vous êtes la maman. Ou la grande sœur. Je comprends mieux maintenant, Ruslana a de qui tenir. (Moue d'hésitation.) Vous parlez russe, n'est-ce pas ?

— Ma fille parfaitement...

— Asseyez-vous, je vous en prie. Un café peut-être ?

Galina s'écroule dans un fauteuil zébré. Darya Volkov a le débit d'une Kalachnikov.

— Je te présente le reste de l'équipe. Ricky, viens voir par ici, la huitième merveille du monde est entre nos murs.

Ricky arrive mollement vers Ruslana. Petit mec avec des cheveux filasse verdâtres et un bas résille transformé en tricot de corps. Il se caresse l'épaule. Puis une grimace avec des dépôts de café aux commissures.

— Cool...

— Ricky parle peu, Ruslana. Ne te formalise pas. Il travaille pour moi depuis toujours et « cool » est le plus beau compliment de son vocabulaire. En fait, c'est la première fois que je le vois si enthousiaste.

Le booker repart devant son ordinateur en se tortillant. *Cool* est brodé sur son cul.

Darya enchaîne, pour elle, le moindre silence est anxiogène.

— C'est fantastique que tu sois venue si vite. J'ai hâte de te parler de mes projets. Mais avant... Calme-toi Darya ! C'est tout moi, je suis tellement excitée. Tu sais, ça n'arrive pas tous les jours. Une beauté à la fois classique et originale. Une héroïne de Tchekhov contemporaine. Bravo madame Korshunov, vous avez fait le bon choix.

Ruslana est saoulée par les paroles. Elle reste droite, sans sourire. Elle n'imaginait pas un tel accueil.

— Toujours pas de café, madame Korshunov ?

Galina secoue la tête dans un sens qui pourrait aussi bien signifier oui et non. Darya préfère la deuxième option, pas de perte de temps avec des considérations sur la météo, la qualité du vol, le bienfait des boissons chaudes.

— Parfait. Je vais vous présenter mon bras droit. La plus grande bookeuse de Russie, on peut dire d'Europe. Un laser à la place des yeux. Smolka sait mieux que personne quand une fille doit être lancée et comment. Linima, c'est elle. Natasha, c'est elle. Rumina, c'est elle...

Une quinqua griffée Dolce & Gabbana et dont le récent lifting a effacé pour longtemps toute expression de son visage tend ses faux ongles à Galina.

— Félicitations, madame Korshunov. Vous êtes une très belle femme et votre fille Ruslana va révolutionner la planète mode.

— Vous savez... Smolka, depuis mon modeste Kazakhstan natal, j'ai tendance à me méfier des révolutions.

Rire strident de Darya avec postillons anisés à travers la voilette.

Smolka expérimente un sourire au risque de rouvrir les cicatrices.

— Chère madame, votre fille va travailler sans interruption, elle va voyager dans le monde entier, dormir dans les plus beaux hôtels... Une existence de rêve mais très exigeante. Nous devons former une équipe, vous, Ruslana et iFashion. On fera tout pour que votre fille gravisse les échelons du star system. Tout pour qu'elle devienne la première top model du Kazakhstan... Elle a rendez-vous avec son destin, croyez-moi sur parole, un destin prometteur...

Smolka écrase sa cigarette dans un cendrier du Elite Model Look 1994. Cette année-là, elle était dans le jury russe et s'habillait en 36.

Elle reprend de plus belle en fixant Galina.

— Ruslana va côtoyer les plus grands couturiers, les photographes les plus célèbres... Je sais déjà que le *Vogue* russe va l'adorer.

65

Anoushka Zoecke... la rédactrice en chef du *Vogue* russe, ce qui se fait de mieux dans notre pays, un tremplin sans précédent pour l'international... Anoushka va mourir pour elle. Je la connais par cœur. Diaphane, slave, élégante, gracile, du charisme, de l'intelligence, tout ce qu'elle vénère...

Galina écarquille les yeux, elle s'était pourtant juré de ne rien montrer. Rester de marbre, sans émotion. La bouche bée est réservée aux ploucs d'Almaty, ceux qui se font rouler dans la farine de leur naissance à l'extrême-onction.

Sans le vouloir, Ruslana s'est rapprochée de sa mère. Elle a l'impression de jouer un rôle, d'être à la fois transparente et le centre d'intérêt. Quelqu'un va la pincer et interrompre ce rêve bizarre où les protagonistes parlent fort et ne la regardent jamais droit dans les yeux.

Darya relève sa voilette.

— Alors Ruslana, tu es contente d'être à Moscou ? Heureuse d'entrer dans la grande famille de iFashion ?

Smolka fronce mentalement ses sourcils.

— C'est quoi ça ?

Ruslana s'empourpre.

Smolka insiste, les doigts coincés dans son ceinturon de motard « RU$$IA ».

— Ouvre la bouche.

Ruslana finit par s'exécuter.

Darya blêmit et remet son paravent.

Smolka embrase une Marlboro en prenant soin de s'aveugler avec la fumée.

— Tu savais ?

— Elle ne me l'a pas dit. Et je ne pouvais pas le deviner avec les photos qu'elle nous a envoyées.

Ruslana a les jambes lourdes, sa tête bourdonne. Elle maudit Kaznakov. Rouben avait raison. Physiquement, elle n'a aucune chance. Quant à son sourire, il sent le métal.

— Viens Ricky. On a une surprise pour toi.

Galina se lève brusquement, elle n'a plus d'orteils et plus de patience.

— Ecoutez, mesdames, j'avoue volontiers que Ruslana aurait dû vous le préciser dans son courrier. Je suis désolée de vous avoir fait perdre votre temps. Pour être tout à fait honnête, je l'avais prévenue, avant notre départ, qu'elle allait droit dans le mur, mais ce sont les murs qui forgent la jeunesse, alors, c'est très bien comme ça. Si vous estimez que vous avez gaspillé de l'argent avec notre billet, ce n'est pas de notre faute…

Galina tire sa fille par la manche.

— Allez viens trésor, on s'en va.

Smolka force sur sa mâchoire.

— Vous ne croyez pas que vous allez vous débarrasser de nous aussi facilement ?

— Il faut toujours se fier à ses premières intuitions. Je suis une sotte influençable. Et cette garce de Mila va me le payer...

Smolka l'interrompt.

— Tu es fantastique, Ruslana. Cet appareil sur les râtiches... Je ne sais pas quoi te dire. Tu es inespérée. Notre job, c'est de vendre du rêve, du glamour, de l'élégance. Seulement toutes ces notions finissent par sentir le sapin, si on ne les réinterprète pas en permanence... Imagine-toi en fourreau noir Gaspard Yurkievich avec tes bagues sur les dents. C'est ça la modernité. C'est ça la subversion, l'audace. Tu ébranles les codes. Tu ne vas pas être une mannequin, chérie, tu vas devenir une icône. Il y aura avant Ruslana Korshunov et après...

Ruslana et Galina sont moites, rétamées, assoiffées, affamées.

Darya, joyeuse et pourtant moins expressive qu'un crapaud mort.

— Toutes les filles du monde vont vouloir t'imiter, ton appareil va devenir le *must have*, plus imité qu'un sac Gucci. Tu vas dépoussiérer toutes ces vieilles biques persuadées que la branchitude est *made in Prada*. Et moi, Smolka Petronov, du haut de mes cinquante piges et autant de stars découvertes, je vous dis avec la plus grande solennité que Kate Moss peut aller se rhabiller…

Ricky exulte.

— Super cool.

Darya et Smolka entament une ronde autour de Ruslana.

— Il ne suffit pas de se défoncer pour être avant-garde. Sorry miss Moss and bye-bye. Votre rock-chic-glam-destroy attitude a vécu. Attention, attention, mesdames et messieurs, *here comes* Ruslana Korshunov from Kazakhstan. C'est quoi déjà ta ville ?

Ruslana ne sait plus. Elle tend la main à sa mère. Galina a pris dix ans et dix pointures en quelques secondes. Elle regarde sa fille comme si elle la découvrait.

10 novembre 2003

Café Web Olympic
5 impasse Haritonevsky
Moscou

A : lavon@webabai. kz
Cc :
Objet : Hello Almaty

Cher Lavon,

Comme promis, je vous envoie un petit message depuis le cybercafé de votre cousin.
Au premier abord, Radomir n'a pas l'air commode, mais il a suffi que je prononce votre prénom pour que son visage s'illumine et qu'il exécute un poirier sur une main d'au moins quarante secondes. Il m'a posé un tas de questions sur vous. Je suis discrète et surtout je n'avais pas la moindre idée des réponses. Bien que je vous voie tous les jours, je ne connais pas grand-chose de votre vie. A part que vous avez des poumons en chantier et une femme dans votre tête. Deux chantiers, en quelque sorte.
Je vous raconterai de vive voix la raison de ma venue en terre inconnue.

70

C'est une grande nouvelle pour moi et ma famille. Je vous imagine au comptoir entre deux quintes de toux. Dima et Fédor au garde à vous devant leurs écrans. Rita en train de dévorer du regard Petr en plein décryptage d'algorithme espion. Pas un d'entre eux n'a remarqué que je n'étais pas venue aujourd'hui. Pas vrai, Lavon ? Vos ordinateurs lavent les cerveaux, c'est pour ça qu'on les aime tant.

A demain.
Ruslana

Radomir fait visiter les lieux à Galina. Son trompe-l'œil du stade d'Olympie, ses photos en justaucorps aux couleurs de la Russie... Devant la vitrine remplie de coupes et de médailles, il se met à chanter l'hymne.

Galina est séduite.

Radomir la prend par la main et s'incline devant l'écran géant sur lequel est diffusé un florilège de ses figures les plus spectaculaires.

— Ça me fait frissonner à chaque fois. Et je ne vous dis pas quand le drapeau est hissé et qu'un stade entier vous acclame. J'aimerais tellement que vous puissiez partager ce que je ressens... J'espère que vous reviendrez me voir...

Galina baisse les yeux.

Ruslana est ailleurs, elle marche sur un podium interminable, sous une cascade d'applaudissements, sublimée par les sunlights et une robe haute couture.

Subitement, Radomir éteint la télévision sur l'image de son visage en larmes à la suite d'une mauvaise chute.

— Je peux vous offrir quelque chose à boire. Vodka ?

— Ma fille a seize ans...

— Je demandais à sa mère.

— Pourquoi pas... Ça peut faire office de pansement.

— Vous avez mal quelque part ?

— J'aurais plus vite fait de vous dire où je n'ai pas mal...

Radomir est subjugué. Il sort deux verres minuscules.

— Je vous sers ce qui se fait de mieux sur cette foutue planète. De la Stolichnaya Elit. Un cadeau d'une personne très influente à Moscou.

— C'est trop gentil, monsieur.

— Radomir. Goûtez-moi ça...

Galina panique. Une minuscule gorgée. Des picotements dans tout le corps, une lame de fond... puis un sentiment de bien-être.

Ruslana rit.

— Maman ne boit jamais d'alcool.

— Ce n'est pas de l'alcool, fillette. C'est un élixir de bonheur.

— Dans ces conditions, je veux bien goûter.

— Je te sors un verre.

— Monsieur Radomir... C'est une enfant !

— Radomir tout court, je vous en prie...

Galina se ressaisit. Elle n'a pas bu depuis la mort de son mari. Depuis encore plus long-temps, elle n'avait reçu autant d'égards. Rado-mir, cet illustre ex-sportif de haut niveau, la traite comme une reine.

Ruslana repart à l'ordinateur.

A : mila-cherneva@yahoomail. kz
Cc :
Objet : Kate Moss est has-been.

Salut beauté fatale,

Tu as tapé dans le mille. iFashion m'adore. Mon appareil dentaire les a rendus hystériques. Et je peux te dire qu'il leur en faut beaucoup. Ils ne sont pas du genre à s'emballer facilement.
Tu verrais l'agence, c'est une autre planète. Tout est beau, confortable, moelleux, brillant. J'avais vraiment l'impression d'être au centre de l'univers. Ils prétendent que je vais faire un carton. Ils veu-lent juste que je change mon nom. Korshunova leur

*paraît plus féminin, plus doux, plus glamour. Je
suis sur un nuage. Et j'ai la trouille comme jamais.
L'équipe est géniale.*

*Darya, la directrice, superlookée mais très gentille
et enthousiaste. Je ne te raconte pas la honte quand
elle m'a demandé de marcher. J'ai sorti tes talons.
Elle les a regardés comme s'ils étaient radioactifs !
En fait, elle voulait du très haut. Que je marche
sur un styloplume. Elle m'a prêté ses pompes en
reptile rouge, des « Manolo Blanik », un nom russe
qui avait l'air de l'envoyer au Septième Ciel. J'ai
évité l'entorse à trois reprises mais ils ont quand
même bien aimé.*

*Ricky s'occupe des défilés. Il est cool, c'est d'ailleurs
le seul mot de son vocabulaire. Cool mes bagues, cool
mes cheveux, cool ma peau, cool ma démarche…*

*Smolka est la tôlière de l'agence. Nom de famille :
Dolce & Gabbana. Signe astrologique : Dollars.
Elle connaît le métier par cœur et le métier la
vénère. Elle a mis sa main (avec plein de cailloux
précieux à chaque doigt) à couper que je bosserai
pour le* Vogue *russe avant l'année prochaine.*

*Ma mère a signé les papiers. Ils ont pris des photos
pour réaliser mon composite, une sorte de carte de
visite avec mes mensurations… Je dois revenir à
Moscou aux prochaines vacances scolaires pour
mes premiers rendez-vous. Ils payent tout. Il fau-
dra que tu viennes. J'ai besoin de toi. Je suis sûre
que tes parents seront d'accord et maman ne*

Le monde à ses pieds

pourra pas toujours m'accompagner. Quoique…
Elle roucoule avec le cousin de Lavon, un amateur
de vodka qui la couvre de compliments.
Je rentre ce soir et on se retrouve demain matin
avant le cours de maths.
Je te dois tout ça.
Je t'aime.

Baisers from Moscow
Rus, the new Kate Moss.

10 novembre 2003

Glitter
7 Durant Lane
Londres

Carrelyn Watts cale ses fesses dans le fauteuil de producteur que lui a offert Brian de Palma après le tournage de *Femme Fatale* avec Rebecca Romijn-Stamos et Rie Rasmussen, deux stars de Glitter. Carrelyn avait sympathisé avec Brian de Palma, allant même jusqu'à imaginer qu'il n'était pas insensible aux formes généreuses. En fait, Brian de Palma était le réalisateur le plus sympathique du septième art et il traitait l'habilleuse, l'électro, le perchman ou le régisseur aussi chaleureusement que Carrelyn Watts. Elle en avait boycotté les salles obscures pendant une année entière.

Premiers gestes du matin. Papier à rouler, son tabac Amsterdamer. Capsule Arpaggio. La Watts scrute sa garde rapprochée, son équipe de choc, ses « boys ». Stewart, originaire de Cape Town et plus choucrouté que Bonnie Tyler. Omar, père libanais, mère irlandaise, grand-père transformiste, grand-mère junkie.

76

— Autant vous dire tout de suite que vous allez passer une journée effroyable.

Stewart écarquille ses cils permanentés.

— J'ai fait du yoga bikram tout le week-end, mon chou, rien ne peut me démolir à part d'apprendre ma séropositivité.

— Kazakhstan ?

— No problemo.

Carrelyn Watts déglutit. Son haleine l'encombre.

— No problemo, no problemo. Tu en as de bonnes, Stewart. Je te signale qu'il ne s'agit pas du nouveau spot d'une technorave.

— Raconte. Je sais que tu as ta tête des grands jours.

Brève inspection dans le poudrier de Terracotta.

— Ma tête des petits jours est donc pire qu'un empoisonnement au Polonium.

— Vide ton cabas.

— J'ai trouvé notre fille !

Le Libano-Irlandais entame une série de sauts de puce.

— Formidable, chef, je suis tout excité.

— On ne verra pas la différence, Omar. Arrête de gigoter et imprime. Elle s'appelle Ruslana Korshunov.

Stewart et Omar échangent une moue, collagène pour le premier, Crème de Huit Heures pour le second.

— Pseudo obligatoire ?

— Taisez-vous. Vous n'avez aucune idée du calibre.

— Dans quelle agence tu l'as dénichée ?

— Aucune. La fille a seize ans. Elle ne ressemble à rien de ce que nous avons déjà eu entre les mains.

Omar s'affole sur son clavier.

— Google n'a rien.

— Tu es trop con, Omar. Tu t'attendais à avoir sa fiche sur Wikipédia ?

— Elle a forcément fait un truc depuis sa naissance...

— Ruslana est un diamant qui va faire fortune mais qui ne le sait pas encore. Ruslana habite dans un pays sous-développé dont le parc d'ordinateurs avoisine celui d'Omar.

Omar bombe son torse épilé.

— J'ai 4 Mac, 2 PC, 1 Blackberry, 3 portables...

— Bravo Omar, tu es bien parti pour dépasser le PIB du Kazakhstan.

Carrelyn s'avachit dans son fauteuil et clique machinalement sur sa souris.

— La seule information dont je dispose, c'est que Ruslana prend des cours d'allemand dans un centre genre kolkhose stalinien recyclé en centre culturel dirigé par une Allemande plus effrayante que *Freddy*. Elle vit à Almaty, ville des pommes, perdue au milieu des montagnes, une ligne ferroviaire, trois vols quotidiens vers Moscou...

Stewart ébouriffe son brushing.

— Bienvenue au Moyen Age.

— Pas de mauvais esprit, gentlemen. Vodianova aussi venait de la cambrousse, ça ne l'a pas empêchée de faire frémir la galaxie du *Vogue US*.

Omar ricane en soulevant ses deltoïdes.

— Gorki, c'est Times Square à côté de ton verger.

— Justement, c'est un de ses atouts. La mode aime les contes de fées. Ça n'amuse personne d'habiller une pétasse d'Oxford en Marc Jacobs. En revanche, transformer Peau d'Ane en bête de podium, avouez que c'est grisant...

— Comment tu es tombée sur elle ?

— La joie des voyages dans le passé. Vol Tbilissi-London. Je me suis défoulée sur les lectures offertes à bord. Rien de très hype. Papier minable, photo cheap, édito bas de gamme, Omar pourrait faire un bouton de fièvre pour moins que ça... Mais voilà, j'allais refermer ce torchon et tout à coup, un Botticelli. Des cheveux plus longs que les extensions de Madonna mises bout à bout, un regard d'une modernité révolutionnaire. Un charisme hypnotique. Un tsunami de grâce. Admirez.

Omar jubile.

— On la récupère quand ?

Carrelyn Watts lance un regard Taser.

— Je t'explique que la fille est au trou du cul du monde et que je n'ai pas la moindre piste pour le moment. Je compte donc sur vous pour me donner son téléphone dans moins d'une heure.

— Si toutefois elle a un téléphone...

— Celui de son voisin de palier, de sa prof d'allemand, de son généraliste. Un numéro qui connaît de près ou de loin Ruslana Korshunov. Débrouillez-vous.

— Je vais appeler l'office de tourisme kazakh, puis l'ambassade du Kazakhstan à Londres, peut-être que ce serait plus judicieux de joindre la rédaction du magazine. Comment tu l'appelles déjà ?

— *All Asia*. Bientôt culte. La future référence pour les bookers les plus trendy de la planète.

— Tu t'occupes de quoi, Omar ?

— Le trendy est forcément pour moi.

Carrelyn Watts déchiquette le courrier.

— Plus que 59 minutes, les bichons. Vous avez vraiment intérêt à passer la seconde.

Stewart et Omar se collent à leurs écrans.

— La monnaie est le tenge. Taux de conversion ridicule, une brouette pour s'acheter un paquet de M&M's.

Stewart.

— Climat continental tempéré, hygrométrie faible…

— Je ne compte pas m'installer là-bas. Je veux sortir une fille de l'enfer. 57 minutes.

Carrelyn Watts se demande si elle annule son déjeuner avec la rédactrice du *Elle*.

— Carrelyn, Carrelyn. Ça brûle.

— Je te reçois 5 sur 5.

— Pia Ludwig a travaillé de 1985 à 1989 à l'université de Berlin.

Glacé.

— J'ai parlé avec une de ses collègues. Elle m'a donné une boîte postale à Almaty.

— Prochaine fois que tu me déranges, Ruslana est en ligne.

Carrelyn Watts ira à son déjeuner et compte bien montrer la photo de sa future princesse à la fille du *Elle*. Sa réaction est prévisible. Elle voudra la faire shooter le plus vite possible, surtout avant les autres magazines. Avant que le phénomène ne s'emballe et que Ruslana ne devienne inaccessible. La Watts n'a jamais été aussi sûre de son choix. La carrière d'une fille est pleine d'aléas, d'incertitudes, mais là, elle joue sur du velours.

— J'ai laissé un message sur le répondeur d'un certain Magnum. Le photographe de la série. J'ai minimisé l'enthousiasme pour éviter qu'il nous réclame du blé pour l'info.

— J'aime quand tu réfléchis, Stewart.

— J'ai écrit un mail au service culturel de la mairie d'Almaty prétextant notre intérêt pour un nouveau reportage sur cette prof d'allemand...

— Plus que trois quarts d'heure les biquets. J'ai confiance.

Carrelyn Watts consulte sa boîte de réception. Casting Margareth Howell. Supprimé. Casting Pub pour aspirateur Miele. Supprimé. Casting pour la campagne Nokia affiche et PLV. Supprimé. Casting pour la campagne Paul Smith. *Une fille fraîche, douce. Un peu magique. Blonde si possible. Shooting 12 et 13 décembre. Tarif E à négocier suivant la notoriété. PS : Plutôt un nouveau visage.*

— Un billet que je booke Ruslana pour la campagne Paul Smith rien qu'avec mon baratin.

— Tu as l'assistante du maire d'Almaty sur la deux.

Carrelyn Watts laisse entrevoir un sourire. Pouce en l'air. Elle a les ongles dégueulasses.

— Bonjour, madame. Vous parler anglais ?.... Moi Carolina Wattsava. Magazine *World Over.* Vous comprendre moi ? Parfait ! Moi rentrer de Tbilissi et moi voir un reportage remarquable au sujet de votre centre culturel... Pia Ludwig... Vous comprendre toujours ?.... Parfait !

Moi vouloir interviewer elle. Oui... Oui... bien sûr. Mon numéro de portable. Vous pouvoir joindre moi à n'importe quelle heure. Moi très envie de venir visiter votre merveilleux pays. D'accord, madame. C'est très aimable. Au revoir... (Grimace hostile). Y a-t-il pire qu'une femme de Cromagnon qui se la joue *busy* ?

— En substance ?

— Elle hésite parce que Oprah Winfrey demande une exclu.

Omar, sens dessus dessous.

— Tu déconnes ?

— Evidemment que je déconne, couillon. C'est la première fois de sa vie que cette grognasse reçoit un appel international.

— Ben alors ?

— Elle va aller à dos de mule dans la hutte de Pia Ludwig, ils vont interroger le sorcier du village et ils lâcheront les pigeons voyageurs.

— Ça craint...

Stewart, reconcentré et repeigné.

— Les enfants, pas de panique, ce n'est plus qu'une question de secondes. Il y a une dépêche au sujet de l'équipe espoirs de l'Almaty Football Club... Elle aurait gagné la finale junior du tournoi national en juin 2003. 3 à 2 contre Karchi, but de Petrov Barzika à la 12e minute, pénalty de Petr Omogarski à la 27e...

— Je ne joue pas au Loto Foot, Stewart.

— J'ai gardé le meilleur pour la fin. But d'un certain R. Korshunov à la 75e...

— Tu crois que ta fille est un travelo ?

— Impossible. Je serais prête à parier mon portefeuille boursier. Ils disent quoi d'autre ?

— Ils donnent le téléphone du club pour les inscriptions.

— Appelle.

— Des footballeurs ? Je dis quoi ?

— Que tu es l'entraîneur de Chelsea.

— Tu veux que je me fasse passer pour Abramovitch ?

— Contente-toi de dire que tu es un de ses collaborateurs.

— Je n'ai jamais joué au foot de ma vie, boss.

— Imagine-toi dans les vestiaires avant la douche.

Carrelyn a bouffé son gloss.

Omar tente une posture un peu plus virile. Voix dans les graves.

— Bonjour, monsieur. Anglais, OK ? Un peu ? OK ! Moi à Londres. Nom à moi, Omar Livtopeck. Métier à moi, coach football... Club de Chelsea. Non, non, vrai, pas blague. Vous croire moi. Appel très très important. Mon boss, Roman Abramovitch. Heu... Il souhaite... heu... développer une académie pour des jeunes... heu... footballeurs espoirs. OK ? (Omar a les yeux globuleux, galvanisé par sa trouvaille.) Nous très intéressés par Korshunov... Rouben, vous dites... oui c'est ça... (Soulagement collectif.) Non, non, promis, pas blague du tout. Ah, il est nul ! Pas grave. Académie pour jeunes défavorisés à sortir de pays très très pauvres. Non, non, Kazakhstan pas du tout pays pauvre... très beau pays... Abramovitch veut que ces jeunes apprennent anglais, vivent autre chose, découvrent le monde... Surtout les familles nombreuses. Rouben a-t-il des frères ou des sœurs ?

Watts fait les cent pas. Abramovitch est blacklisté au Kazakhstan jusqu'à la fin de ses jours.

— Je vous remercie, monsieur. Bonne journée.

Le regard de la Watts fait baisser la température de la pièce.

Omar. Pète-sec.

— J'en conclus que je suis le seul à taffer. Vous voulez *aussi* que j'appelle le frère de Ruslana ?

Carrelyn se fend d'une bise poisseuse.

— Silence maintenant, je m'apprête à passer le coup de fil le plus important de ces cinq dernières années.

— Mets-toi sur ampli, qu'on en profite.

Carrelyn ronge l'ongle de son pouce, le crache sur le sol et croise les doigts.

Un garçon marmonne à l'autre bout de la ligne.

— Vous parlez anglais ?

— Bof.

— Magnifique ! Tu es bien Rouben ?

— Rouben Korshunov fils de Viktor Korshunov, décédé et de Galina Mouslimova, en vadrouille se débrouille en anglais. Mais ça me fait chier de parler anglais.

— Grandiose ! Je suis Carrelyn Watts, fille de Franklin Watts et de Sarah Collingwood. Tous les deux sont déjà morts malheureusement et je suis fille unique.

— C'est pour quoi ?

— Je suis agent.

— Flic ?

— Je vous appelle de Londres.

— Londres, je kiffe pas.

— Vous êtes déjà venu en Angleterre ?

— Pas besoin d'y aller pour savoir que ça craint. Vous n'avez que du rock de pédés.

Omar exécute un bras d'honneur.

— Moi je suis à fond rap.

— Moi aussi je suis à fond rap.

— Le rap, c'est pas un truc de meufs.

— Ta sœur n'aime pas le rap ?

— Comment vous savez que j'ai une sœur ?

— Tu l'as dit...

— Faux. Vous êtes une menteuse.

— En fait, j'aurais aimé parler à ta sœur.

— Elle est pas là.

— Et ta maman ?

— Parties toutes les deux.

— Je peux rappeler dans combien de temps ?

— Vous voulez plus me parler ?

— Au contraire. J'apprécie beaucoup ta conversation et je trouve que tu parles très bien la langue de Shakes... Shaquille O'Neal.

— Je préfère... Vous avez déjà vu ma sœur ?

— Dans un magazine. Il y a des photos d'elle magnifiques. Je suis patronne d'une agence de mannequins. Glitter. La plus célèbre agence londonienne. On a des filles comme Linda Evangelista, Angie Everhart, Amber Valleta...

— Pas la peine d'en faire des caisses, madame l'agent, c'est pas moi qui vous intéresse.

— En tout cas la photo de ta sœur est arrivée jusqu'à moi et c'est une grande nouvelle pour son avenir.

— Ruslana est déjà en main.

Omar et Stewart vrillent à 180 °.

Carrelyn rogne l'ongle de son index.

— Elle est partie à Moscou, ce matin. Pour voir une agence...

Au tour de la phalange.

— Les grands esprits se rencontrent. Tu sais laquelle ?

— Je sais juste qu'ils ont un goût de chiotte. Et vous aussi d'ailleurs. Franchement, vous perdez votre temps. Ma sœur est mignonnette pour le lycée d'Almaty, mais pas certain qu'elle fasse le poids au milieu de vos paquets d'1,80 mètre. C'est sa meilleure amie qui lui a mis cette idée dans la tête. Mila, des nibars sensas. Ma sœur, c'est plutôt le désert des Carpates. Mila a pris des photos d'elle, elle les a envoyées à une agence, ils l'ont contactée supervite et elle est partie avec maman pour les rencontrer. Ils ne sont pas au bout de leur surprise.

— Pourquoi tu dis ça ?

— Ses dents ! Il faut la déminer. Quand elle sourit, on dirait qu'elle a bouffé le Transsibérien.

— Tu n'aurais pas, par hasard, le nom de cette agence à Moscou…

— Faut voir…

— Je t'écoute.

— Un maillot de mon joueur de foot préféré. Pavel Nedvěd. Attaquant à la Juventus. En médium.

— Je te l'envoie demain en Fedex. Le nom, maintenant.

— iFashion.

Carrelyn transpire des litres.

— Darya Volkov ! J'étais chez eux il y a un mois. Que des blondasses pour catalogues. Ruslana n'a rien à faire avec ces gens-là. Elle doit viser beaucoup plus haut. Tu sais comment le rendez-vous s'est passé ?

— Vu le prix des communications… je saurai demain matin.

— Tu penses que Mila en sait plus que toi ?

— J'imagine qu'elle a déjà tous les détails de la journée dans sa boîte de réception.

— Une dernière faveur ?

— Un autre maillot. Celui d'Owen, il est anglais et joue à Liverpool. Je fais vraiment ça pour vous faire plaisir.

— OK, Rouben. Maintenant, j'ai besoin du numéro de Mila. Tu voudrais quand même pas que ta sœur travaille avec des seconds couteaux. Ce n'est pas les gazettes de Moscou que je vise pour elle. Ce sont les covers des magazines américains. New York, Paris, Milan…

11 novembre 2003

57, rue Kozakhinsky
Almaty

La chambre de Mila a la taille d'un placard et la décoration de la billetterie d'un concert de Madonna. Un matelas en mousse est posé directement sur le sol.

Ruslana et Mila sont assises en tailleur.

— Faut pas exagérer, Ruslana. C'est pas grave.

— Bien sûr que si, c'est grave. J'ai signé dans la précipitation. Si je ne m'étais pas emballée, j'obtenais le contrat du siècle. La meilleure agence de Londres, c'est autre chose que Moscou. Ouvre les yeux !

— Tu te fous de ma gueule ? Il y a un mois, tu me prenais pour une folle quand je te disais d'envoyer tes photos.

— Moscou, c'était une mauvaise idée, Mila. Je n'ai pas voulu te contrarier mais tu aurais pu réfléchir un peu.

Mila sort ses ergots.

— Accusée Mila Cherneva, levez-vous. Vous êtes accusée d'avoir incité votre amie Ruslana à intégrer une agence de mannequins moscovite au demeurant très bien sous tous rapports et de l'avoir arrachée de force à l'existence paisible d'une étudiante modèle d'Almaty, promise à un grand avenir de pondeuse et de chômeuse kazakhe. Casse-toi.

— Tu prends tout mal.

— Ton discours à la con, ça c'est sûr. J'ai envie de te gifler.

— Avant de me mettre la tête au carré, dis-moi comment on s'y prend pour récupérer le coup.

Joue contre joue, Mila et Ruslana s'allongent sur le dos. Dans le ciel de la chambre, au milieu d'ailes d'anges et de têtes de mort, une citation : *On doit prendre les petites décisions avec sa tête et les grandes avec son cœur.*

— Petite ou grande ?

— C'est le choix le plus important de ma vie, Mila. Je dois faire travailler la tête et le cœur en même temps. Ma mère a pleuré toute la journée, Rouben nous a traitées de tous les noms et pour une fois, il a raison.

— Ce taré ! Qu'il apprenne à jouer au ballon et qu'il ne fasse pas chier.

— N'empêche qu'il a Carrelyn Watts dans la main.

— Tu parles. Il faut être crétin comme ton frère pour penser qu'il manipule la reine des agents londoniens.

— Elle va lui envoyer ses maillots de foot préférés.

— C'est bien ce que je te dis. Elle le mène par le bout du nez.

Ruslana soupire.

— Je crois aux signes. Quand les choses s'engagent mal, faut pas insister...

— Pour toi un plébiscite international, c'est que les choses s'engagent mal.

— Je ferais mieux d'abandonner... Au revoir Moscou, au revoir Darya, Smolka, Ricky, au revoir Carrelyn, je ne vous connais pas mais mon frère vous sera éternellement redevable, au revoir ma folie des grandeurs, au revoir les talons aiguilles grotesques... Je garde les pieds sur terre, ma vie est ici avec les miens.

— C'est pour me blesser que tu dis ces conneries ? Fais gaffe, Ruslana, je vais t'en coller une pour de bon.

— Watts a dit à Rouben que iFashion était merdique. Seulement vue d'Almaty, la merde de Moscou a la couleur de l'or.

— La nana de Glitter critique la concurrence. C'est normal. Et s'ils étaient aussi incompétents, ils ne t'auraient pas repérée, fait venir et signer. L'Anglaise est verte de jalousie. Tu te plains mais tout va pour le mieux. C'est la belle vie !

Ruslana entame une série d'abdominaux. Et de un, et de deux...

— Seule Pia peut me sortir de l'impasse.

— Qu'est-ce que Ludwig vient faire là-dedans ?

— Elle adore parler, elle est autoritaire... elle pourra très bien se faire passer pour mon avocat.

— Femme de loi borgne et défoncée, iFashion peut trembler !

—Je suis certaine qu'elle peut débloquer la situation. Après tout, c'est elle qui a eu l'idée du reportage.

En un éclair, Mila retrouve une position verticale. Son manteau orange, une écharpe grossièrement tricotée, trop de fond de teint, trop de mascara.

— On y va.

—Il neige, Mila. Je ne vois pas l'intérêt d'aller traîner dehors maintenant.

— Pia Ludwig nous offrira l'hospitalité.

— Tu es barrée ! Je disais ça comme ça...

— Tu veux intégrer Glitter, oui ou non ?

Ruslana et Mila quittent le cagibi.

Dans la pièce principale, Mme Cherneva réchauffe du lait de chamelle sur un réchaud à gaz. Des sourcils dessinés au khôl sans aucune symétrie, des fausses taches de rousseur et du rouge à lèvres vermillon. Chez les Cherneva, le goût pour le maquillage est héréditaire.

— Vous allez où à cette heure ? Je croyais que vous aviez des tonnes de devoirs.

— On bute sur l'allemand. Et on a un contrôle superimportant demain. C'est cœff 3. On peut pas se planter. Pia Ludwig nous a gentiment proposé de passer chez elle.

— Cette femme est une sainte...

— Promis maman, je lui dirai.

Les deux amies claquent la porte de l'appartement, faisant trembler tous les bâtiments de la rue. Mila rigole, Ruslana chuchote.

— Tu ne fais même pas allemand, Mila. Comment tu peux mentir à ce point-là à ta mère ?

— Je ne fais pas allemand pour l'instant. Allez, magne-toi au lieu de me faire la morale.

Almaty aime la nuit. L'obscurité cache la misère, les façades décrépites, les chiens errants.

Les deux filles tracent sur les trottoirs recouverts de glace et montent dans le bus 21. La banquette arrière constellée de cendres. Le chemin caillouteux plongé dans le brouillard. Troisième arrêt, elles descendent. Le froid démentiel. Mila respire fort. Ruslana grelotte, elle ne veut plus jamais quitter la voie déjà tracée, plus jamais penser qu'elle a droit à une vie meilleure.

— C'est toi qui parles, je t'en supplie.

— Je n'étais pas là, hier, pour te tenir la main. Et pourtant fallait assurer. Ludwig, c'est rien, par rapport à ta virée moscovite.

Un cabanon apparaît au bout d'un cul-de-sac boueux.

Mila peste en regardant ses ballerines en skaï.

— Regarde, tout est éteint. Elle doit dormir.

— Excuse-moi, Rus, mais Ludwig n'a pas une tête à pioncer à six heures du soir.

— Elle n'est pas là !

— Il y a une veilleuse au premier étage. Viens.

Sur le perron, une collection de cactus et un paillasson, *Cats only.*

Carillon de film gore.

Mila recule d'un pas.

Une lumière au premier, puis au rez-de-chaussée.

De l'autre côté de la porte, la voix cassée de Pia Ludwig.

— Qui vient m'emmerder au milieu de la nuit ?

Le bruit de la serrure, la toux grasse de Pia Ludwig. La porte s'ouvre sur un Quasimodo en robe de chambre liberty.

— Ruslana ?

— Bonsoir Pia. Je suis navrée de vous importuner à une heure si tardive. Je vous présente Mila, ma meilleure amie.

— Vous vous êtes perdues, fillettes ?

— Je suis venue vous demander un conseil et un service...

Pia Ludwig se tient à la poignée.

— Tout de suite, ça va être difficile.

Ruslana, embarrassée.

— On va vous laisser, madame, et promis, la prochaine fois, on vous préviendra.

— Je te connais, Ruslana, c'est forcément grave et urgent sinon tu ne serais pas là, avec ton amie en plus. Je vous écoute.

Pia Ludwig titube, ses membres mollissent, ondulent et flanchent.

Ruslana et Mila attrapent au vol son corps défaillant et l'assoient sur la chaise la plus proche.

— Triste spectacle, n'est-ce pas ? Je la ramène moins qu'au Centre Culturel.

Mila s'impatiente.

— Vous pouvez changer le destin de Ruslana. Ce n'est pas une blague, madame. Est-ce que vous vous souvenez de l'interview que vous avez accordée au magazine *All Asia* ?

— J'accorde beaucoup d'interviews, miss Mila. Ma secrétaire pourrait vous répondre.

Pia Ludwig sort un bout de joint et se met à le mâchouiller.

— *Fuck in Mýkonos* plus percé qu'une passoire… J'y suis.

— L'article est paru, il a été distribué dans les avions, la patronne d'une agence de mannequins londonienne est tombée dessus et elle a complètement flashé.

Long silence de Pia. Puis de sa voix chaloupée.

— Sur ma gueule ou mon corps ? Soyez gentille, Mila, allez me chercher une bouteille dans la cuisine, il faut trinquer.

Ruslana se colle à l'oreille de Pia.

— Malheureusement pas. Je suis allée à Moscou et ma mère a signé un contrat qui me lie avec une agence là-bas. Mon problème, c'est que la meilleure agence de Londres accepte de me prendre et que je suis bloquée avec les Russes. Mais je vois bien que ça ne vous parle pas, ces histoires d'agences, Madame Ludwig... Pour faire un parallèle avec votre univers. Imaginez, vous recevez deux propositions. Une chaire à Harvard ou un mi-temps à l'Université des Langues d'Almaty, vous choisissez quoi ?

Pia Ludwig grimace, elle a besoin de temps pour ordonner ses pensées.

Mila revient avec une carafe de rouge et un cendrier. Elle est suivie par un troupeau de chats.

Fébrile, Ruslana sort le contrat de son sac et le pose sur les genoux de son professeur d'allemand.

— Lisez-le tranquillement... On en reparlera demain.

Pia Ludwig, après quelques gorgées.

— Quelle merde ! C'est foutu ! Tu vas être interdite de séjour en Russie, tu risques même d'avoir toute la mafia moscovite sur le dos jusqu'à la fin de tes jours. Tu vas devoir vivre avec une protection policière, gilet pare-balle, changer d'identité... ta vie va devenir un enfer. Heureusement qu'il n'y a plus de goulags ! Bigre, j'espère que personne ne vous a suivies quand vous êtes venues, je ne voudrais pas être mêlée à cette sombre histoire... Respirez mesdemoiselles, il doit bien y avoir une foutue clause d'annulation dans ce contrat. Passez-moi mon monocle, s'il vous plaît, qu'on en finisse...

Main dans la main, Ruslana et Mila vont finir par se casser des phalanges.

Lecture terminée.

Pia mordille son pétard.

— C'est bien ce que je pensais, un mannequin a le même statut qu'une machine à laver. Envoyez dès demain un courrier recommandé où vous les avertissez de la résiliation de votre contrat. Vous avez un délai de dix jours.

Ruslana revit. Mila a retrouvé son amabilité.

— Vous êtes une sainte.

— Je vous aide et vous m'insultez !

— Dans ma bouche, c'est un compliment, madame.

— Dans la mienne et vu la vie que j'ai menée, c'est un blasphème.

Après une gorgée, Pia Ludwig lance un regard imbibé et bienveillant sur son élève.

— On dirait que tu as trouvé, chère Ruslana, une façon de t'envoler loin d'ici.

— Grâce à vous. *All Asia,* c'est vraiment votre idée.

— Tu vois, mademoiselle Korshunov, je la regrette déjà mon idée. Tu vas nous manquer. Ta rigueur, ta grâce, tes yeux perçants. J'espère seulement que toi, tu ne le regretteras pas.

28 novembre 2003

Lavon Varlimov est accoudé au comptoir. Terrassé par une quinte de toux, il fixe son collutoire de broncho-dilatateur, comptant sur un effet psychologique pour améliorer sa respiration.

Ruslana entre dans le café et referme la porte sur le blizzard de fin d'après-midi.

Visage cramoisi du patron.

— Depuis quand vous prenez des bains de soleil, monsieur Varlimov ?

— Je refuse de mourir avec un teint blafard.

— Vous avez prévu de mourir ?

— C'est bien la seule chose prévisible en ce bas monde, non ?

Lavon remet les compteurs de ses chronomètres à zéro.

— Fini de rigoler Ruslana, quelles sont les nouvelles ?

— Je suis allée à Moscou pour rien.

— Je t'avais prévenue... J'espère que tu n'es pas trop déçue.

— Je pars pour Londres demain.

— Mais qu'est-ce que tu vas faire chez ces dégénérés ?

— Mannequin...

Lavon appuie sur son spray et inspire à fond.

— Tu as l'autorisation de ta mère ?

— Je vais intégrer la plus prestigieuse agence de mannequins d'Angleterre, faire des photos pour des magazines de mode, défiler, gagner de l'argent et en priorité, j'aiderai ma mère.

— J'ai trouvé quelqu'un pour aider ta mère. Et crois-moi, il est plus fiable que tes romans-photos.

— Votre cousin ?

— Il est intarissable. Galina par-ci, Galina par-là, si tu voyais son regard, son sourire, sa beauté...

— Radomir habite Moscou.

— Tu pars bien pour Londres. Ta mère n'aurait pas le droit de quitter notre bonne ville ?

— Il y a mon frère, l'appartement, son boulot, même s'il ne rapporte pas grand-chose... et surtout il y a papa.

— Une tombe dans un cimetière. Il ne se rendra compte de rien...

— Vous n'avez pas le droit de vous moquer. Maman ne cessera jamais d'aimer mon père et je nous souhaite d'aimer une fois dans notre vie autant que mes parents se sont aimés.

— Ça m'a rendu asthmatique ces putains de sentiments, Ruslana. Mais on ne construit pas son avenir… sur un caveau…

Lavon suffoque pour finir sa phrase. Une pression sur son spray. Un sursis.

Ruslana lui serre la main.

— Maman n'osera jamais m'en parler mais je la connais par cœur, il s'est passé quelque chose…

— Je vais inviter Radomir à passer les fêtes de fin d'année.

— Vous êtes génial.

Ruslana sourit en regardant la salle. Le cyber-café Abaï et ses fidèles. Dima flingue à tout-va, un rictus de violence sur ses lèvres. Invisible sous sa capuche, Fédor se mesure à Dragon-Ball Z. Dans un coin, plaqués contre une vitre recouverte de buée, Petr et Rita s'embrassent goulûment.

— Vous croyez qu'ils s'aiment ?

— Je crois qu'ils en sont aux prémices. Prématuré pour parler d'amour… Il n'y a que le temps qui apportera la réponse à ta question.

— Vous pensez que ça m'arrivera ?

— Bien sûr. Et ça te donnera des ailes. Mais n'oublie jamais que tu ne dois pas t'envoler trop haut.

Battements de bras suivis d'une délicieuse moue d'effroi. Ruslana sort son jeton de trente minutes, le lance au propriétaire et choisit l'écran du fond de la salle.

Ses doigts s'activent sur le clavier :

http://ruslana-87. kazakhblog.com.

Je suis contente de partir. Contente de laisser cette ville de fantômes et ma vie de morte. Je suis attendue à Londres. Depuis je dors bien, papa ne vient plus squatter mes cauchemars. Je rêve de talons hauts et de flashes qui crépitent… Je rêve de maquillage outrancier et de robes surchargées de strass. Je rêve de ma tronche dans les magazines et la tête de Kaznakov quand il découvrira que son appareil dentaire est plus photographié que Westminster. Je rêve d'être étourdie par un garçon fou d'amour qui ne sait pas placer le Kazakhstan sur une mappemonde. Plus rien ne me provoque des nausées au réveil ou ne me gâche le reste de ma journée.

Demain, c'est le grand jour. Je me sens prête. On en a assez bavé comme ça, c'est normal que la roue tourne. J'espère que vous allez me soutenir. Que vous serez fans et vigilants, élogieux et critiques. Je compte sur vous et vos commentaires. Promis ? Vous savez que j'ai eu des moments durs, que parfois je redoutais mon avenir, j'avais peur, j'allais renoncer, vous m'avez soutenue… Je continuerai à me confier sans peur d'être jugée. Cela ne doit pas

103

changer même si je deviens plus famous que Kate Moss et que vous en crevez de jalousie !
Vous êtes ma colonne vertébrale et ma conscience.
Je vous aime.
Ruslana, la princesse d'Almaty.

> *Posté par : Ruslana-87*
> *le 28/11/2003 à 17 h 35*

Lavon trie ses jetons, rouge, vert, rouge, vert, vert... Au rythme de sa respiration.

— Je vais finir par penser que tu ne te sens plus bien ici. 2 minutes l'autre jour, à peine un quart d'heure cette fois-ci...

— Je ne tiens plus en place, Lavon. Vous n'y êtes pour rien...

— Promets-moi de revenir me voir de temps en temps, même si tu t'achètes un ordinateur portable flambant neuf avec tes cachets de pin-up.

— Mes cachets serviront à acheter un petit appartement à ma mère. Je ne pars pas à Londres pour faire du shopping, Varlimov. Si je dois gagner beaucoup d'argent une seule fois dans ma vie, c'est maintenant et là-bas. Je n'aurai pas une deuxième chance.

— Moi je suis certain que tu en auras plein d'autres. Je comprends que ce voyage soit enthousiasmant, toutes les filles du monde rêveraient de vivre cette expérience mais ne te mets pas trop de pression. Si c'est pas ça, ce sera autre chose et peut-être mieux.

— Une seconde chance ? Vous croyez vraiment à ce baratin, Lavon ? La plupart des gens n'ont même pas la première.

— Tu n'es pas la plupart des gens, Ruslana.

— Vous auriez été un bon père.

— Je me suis contenté d'être un bon propriétaire de café web. Et j'ai pris ça comme une seconde chance, je t'assure.

La jolie blonde et le Lituanien en exil prolongent leur sourire. Un échange silencieux avant un grand voyage.

Ruslana respire une dernière fois le parfum de la nuit.

Almaty hiberne. Almaty décroche.

Demain soir, ses cheveux flotteront au-dessus de la Tamise.

Le bâtiment 41 est un iceberg de béton.

Ruslana sort son trousseau. A quoi ressemblera la clé de son futur domicile ? La vie à Londres ? Carrelyn Watts a dit que la situation était sous contrôle, qu'elle s'était occupée de tout.

Galina a dressé une table de fête. Une nappe en tissu rouge, des bougies, du pain frais et une bouteille de cidre.

Soupir de Ruslana.

— Maman, il fallait pas. C'est beaucoup trop.

105

Galina sort de la salle de bains, elle est prête pour un réveillon au Kremlin.

— Trop d'eye-liner, qu'en penses-tu, chérie ?

— Tu as les yeux rouges, j'imagine que tu l'as fait exprès pour être assortie à la nappe.

— Je n'ai plus l'habitude... Je pensais que ça serait moins raté et surtout que j'aurais moins mal.

Ruslana ne reproche pas à sa mère d'avoir pleuré tout l'après-midi, ni ce look effroyable pour faire croire que le fard est responsable des vaisseaux éclatés.

— Mila et Pia Ludwig ont appelé... Elles voulaient te souhaiter un bon voyage.

— Et mon frère chéri ? Il a préféré une soirée entre potes pour mon dernier soir ?

— Il est désolé. Franchement désolé...

— C'est mieux que rien...

— Tu as fini ta valise ?

— Mes fringues kazakhes vont faire un tabac.

— Je t'ai acheté des biscuits et des abricots secs.

— Je ne pars pas dans le désert, maman.

— Et quelques pommes. De bonnes Malus de chez nous, très juteuses.

On frappe.

Ruslana se lève.

Ouvre la porte.

Mila, Rouben et Pia Ludwig.

— Mais vous êtes tarés ! Qu'est-ce que vous foutez là ?

Rouben tire ses acolytes à l'intérieur.

— Je vous avais prévenues qu'on se ferait engueuler !

Galina se dépêche de remplir les verres.

Perdu dans son maillot de Nedvĕd, Rouben bombe le torse.

— Le pâté est factice ou seule Ruslana a le droit de se taper la cloche ?

— Je t'en prie mon chéri. Finis-le, si ça peut te décoincer un sourire.

Après un verre, Pia Ludwig retrouve l'usage de la parole.

— Je ne suis pas uniquement venue pour le cidre, Ruslana. Rassure-toi. Comme ta mère m'a dit que ça te ferait plaisir… J'ai laissé mes chatons à leur triste sort.

Mila lève son verre.

— Pour Ruslana, hip, hip, hip, hourra ! Pour Galina hip, hip, hip, hourra ! Pour Rouben…

— J'aime autant ne pas être mêlé à cette beuverie de meufs.

— Pour Pia Ludwig…

Ruslana se blottit dans les jupons de sa mère et lâche prise.

Rouben, la bouche pleine.

— M'en voulez pas si je ne chiale pas, mais le cœur y est…

Pia entame son troisième verre de cidre. Mila essuie ses larmes.

Ruslana s'arrache à sa mère et se jette dans les bras de son frère.

Rouben. Livide.

— Fais chier, Rus, tu vas dégueulasser mon Nedvĕd.

— On s'en balance. Je te rachèterai tous les maillots du monde à Londres… Serre-moi fort, allez frangin, toi aussi tu en meurs d'envie.

Rouben grimace, cette séance de câlins est pire qu'une séance de tirs au but.

— Tu t'occuperas bien de maman ?

— Tu crois quoi, que la maison va s'écrouler une fois que tu seras partie ? On va continuer sans toi, il y aura juste un peu plus à bouffer et moins de cheveux dans le lavabo.

— Connard.

— Moi aussi je t'aime.

Ruslana leur sourit un à un. Mila, sa seule amie, sa confidente. Pia, cette drôle de Berlinoise alcoolique et brillante. Sa douce Galina écarlate. Cet adorable abruti de Rouben. C'est sa famille. Improbable et recomposée. Hétéroclite et bien-veillante. Elle va lui manquer. Mais elle n'a pas de peine. Aucune peur non plus. Elle est déjà loin d'eux. A Londres, chez Glitter. Sur papier glacé, sur grand écran, sur un nuage.

29 novembre 2003

Restaurant Daphné's
Londres

La salle sous la verrière est bondée. Des golden boys en costumes trois pièces et montres à multiples complications devisent sur les énormes plus-values du matin et leurs prochaines vacances aux Barbades. Fiers de leurs dents blanchies au Karcher, ils s'esclaffent et reluquent sans égard les culs gainés des serveuses. Entre deux verres de Château-Latour, deux bouchées de risotto aux truffes et deux vibrations de smartphones, ils consultent leur répertoire saturé de trader-victims et fixent leur alliance Van Cleef déjà démodée.

Carrelyn Watts est assise à la 12. La table idéale pour être vue et pour savoir qui l'a vue.

Regard attentif vers les places du fond. De vieilles rombières milliardaires croulant sous leurs rivières de diamants et leurs mélancolies, quelques princesses arabes en tchador haute couture et escarpins Versace, une bande de chihuahuas barbotant dans des écuelles en argent… En dessous d'une photo grand format du Puppy de Jeff Koons et d'une applique fluo Nicky de Saint-Phalle, du lourd : Zach, DA du *Vogue Anglais,* un abruti fini, et Tim Firth Junior, rédacteur en chef de *I.D.,* un type influençable et sans parole. Ils viendront forcément la saluer au moment de partir.

Carrelyn Watts guette le rideau en velours grenat de la porte d'entrée.

Gwyneth Paltrow très enceinte. Des sabots et de grosses chaussettes de laine biologique. Bises au patron. S'assoit au bar avec *Time Out.*

Mario Testino. Pieds nus dans ses mocassins en reptile vert. Regard à droite, à gauche. Légère inclinaison de la tête quand il aperçoit Carrelyn. Le minimum. Poignée de main plus bises au patron italien première langue. Bises à Gwyneth. Moue débile devant son gros ventre. Se tire à la 22. Gros sourire à Zach et Tim.

Le voiturier. Poil de carotte, souriant. Chaussures cirées, ourlet déchiré. Veut de la monnaie sur 50 livres. Le patron rouspète. Les chihuahuas montrent les crocs. Le rouquin s'éponge le front à la hâte et disparaît pour chercher une solution à son puzzle de Bentleys.

Enfin elle. Un teint de porcelaine. Des yeux panthère. Cheveux aux genoux, baskets blanches avec lacets arc-en-ciel. Carrelyn Watts observe la salle. Le désir, l'envie, la jalousie, la stupéfaction, tout y passe. Même le patron qui a vu les plus belles filles de Londres depuis vingt ans frissonne. Ruslana est spéciale, à part. Sa beauté proche de la perfection. Elle traverse la salle devenue silencieuse. Les vieilles sont émues. Les golden boys oublient leurs cotations.

Carrelyn Watts se lève pour l'embrasser. Ni parfum célèbre, ni eaux de toilette maintes fois inspirées. L'odeur insolite de la peau.

— Je suis enchantée, Ruslana.

— Moi aussi, madame Watts.

— Mademoiselle… Carrelyn, je t'en supplie. On sera amenées à se parler cent fois par jour, je ne vais pas t'appeler mademoiselle Korshunov. Ça va, le voyage n'était pas trop pénible ?

— Au contraire. Je crois que j'aime bien les avions.

— Alors si je te dis que tu pars la semaine prochaine à New York pour shooter le *Elle américain*, les sept heures de vol ne te font pas peur ?

Ruslana baisse son visage. Un discret sourire acier.

Carrelyn est éblouie.

— Ton anglais est excellent… Bravo.

— Pour avoir une chance de sortir de mon pays, il faut au moins maîtriser trois langues. Comme il n'y a rien d'autre à faire et que je n'intéresse pas les garçons…

111

— Tu n'intéressais pas les garçons. Ton sex-appeal est peut-être un peu sophistiqué pour les autochtones kazakhs. Je crois qu'ici, tu vas déchaîner les passions... J'ai une faim de loup ! Qu'est-ce qui te ferait plaisir ?

Carrelyn Watts hèle une serveuse avec queue-de-cheval et culotte de cheval.

— Alors aujourd'hui comme entrée du jour, le chef vous propose un fondant de mozzarella cœur-de-bœuf, et en plat, du bar sur une compote de fenouil.

— *Apple pie*, Ruslana ? Qu'est-ce que tu en dis ? Histoire de célébrer ton arrivée.

— Avec plaisir...

Effarée, la blonde secoue son postiche.

— Vous commencez par les desserts ?

— Je suis une fanatique des pommes et il n'y a rien à base de pomme dans votre menu. A part cette tarte chaude que vous m'apporterez avec une boule de glace...

La serveuse soupire. Le pourboire sera dérisoire.

— On a du sorbet Granny Smith. Et un smoothy... 100 % Pink Lady.

Une moue agacée fait comprendre à la serveuse qu'elle doit déguerpir.

— Chère Ruslana, j'ai des millions de choses à te dire. Est-ce que tu te sens capable d'enchaîner les rendez-vous cet après-midi ?

— Oui.

— Parfait. Je t'explique. Tu es en option pour la prochaine campagne mondiale de Paul Smith. Ils ne t'ont jamais vue, je leur ai envoyé ta photo *All Asia* et ils ont craqué. Mais avant de te confirmer, ils veulent voir ta tête en *live*, normal. Ils passent à l'agence à 15 heures. Puis à 16 heures, tu as un go and see chez la rédactrice du *Vogue* anglais. Une grosse vache. Pas si grosse que ça d'ailleurs, plutôt Qtips. Bref, tu es tout à fait sa came. Elle ne regarde pas au-dessus de 17 balais. On a donc une fenêtre de tirs de quelques mois. Enfin, tu as un rendez-vous très important dans les minutes qui vont suivre. Testino, ça te dit quelque chose ?

— Rien du tout.

— Bien fait pour sa gueule. En substance, c'est un des plus grands photographes. Une star. C'était le photographe préféré de Lady Di. Tu sais qu'elle est morte ?

— L'année de mes dix ans.

— Déjà, merde, le temps file... Où en étais-je ?.... Ah oui, Testino est au fond du restaurant. Tu vas aller aux toilettes et, en revenant, tu passeras devant lui lentement mais surtout sans lui adresser un regard. Tu l'ignores, il est transparent. Compris ?

— C'est facile d'ignorer quelqu'un qu'on ne connaît pas.

113

— Bonne remarque. Si tu es intelligente en plus d'être sublime, ça va m'aider. Retourne-toi, tu vois le type avec des chaussures couleur gazon et des frisottis sur la tête ?

— Maman trouverait qu'il ne se tient pas droit.

— Eh bien ce mec voûté est le number one. Il nous le faut, Ruslana. Si tu as Testino, tu auras tous les autres. Tous ces génies de la mode, ce sont des moutons qui suivent gentiment le troupeau. Si tu as le berger dans ta poche, on devient les maîtres du monde. Pourquoi tu veux être mannequin ?

Ruslana fixe les cernes de Carrelyn. Cette femme ressemble à un sumo au régime.

— Pour l'argent…

— Bonne réponse. Les minettes sans autre ambition que de s'admirer dans les magazines pour frimer auprès des copines à la récréation ne font jamais carrière. Si tu veux gagner beaucoup d'argent, tu as tapé à la bonne porte. Moi aussi, je travaille pour ça. On est dans le même bateau et c'est un bateau de course…

Excédée, la serveuse vide son plateau.

— Le pommier de mesdames est servi.

Carrelyn Watts toise les fesses de la fille dans son pantalon anthracite trop serré.

— C'est beau le taille-basse mais très dur à porter, hein mademoiselle ?

Penaude, la serveuse tourne le dos et confirme l'assertion de Carrelyn.

— Bienvenue à Londres, chérie. La ville du cynisme et du mépris. Ce genre de commentaires, tu l'entendras à longueur de journée. Tu tomberas sur des gens mal lunés, jaloux, aigris, ratés. Selon l'humeur du jour, ils n'aimeront pas ton visage, ton corps, ta démarche, ce grain de beauté sur ton cou... Même rien en particulier mais tu seras le bouc émissaire et on ne t'épargnera pas. Tu encaisseras sans broncher. Tu resteras sourde, hermétique à toutes ces conneries. Tu suis ta route, tu allumes l'objectif, tu séduis la terre entière, mais au moindre doute, au premier coup de blues, tu m'appelles. Tata Watts est mieux qu'une *hot line*. Allez, le générique est terminé, debout jeune fille, le film commence.

Carrelyn boit son jus d'une traite. Hormis ses pompes, cette fille est géniale.

Ruslana marche sur la pointe des pieds. Un tapis se déroule sous ses pas, les gens qui parlaient fort, chuchotent quand elle s'approche. Des murmures de haut en bas.

Une bougie aux senteurs précieuses. Des orchidées blanches de part et d'autre du lavabo. Des serviettes pliées dans une boîte nacrée. Une méridienne devant un miroir en triptyque. Ruslana se regarde et ne comprend pas l'enthousiasme de Carrelyn.

115

Une grande métisse en fuseau violet, cape rouge et cuissardes orange rentre avec fracas dans la Powder Room. Ruslana la dévisage. Cette fille est grandiose. Son allure ferait chavirer tous les mâles d'Almaty. Un aller-retour de rouge à lèvres irisé, une goutte de parfum derrière ses créoles en or. Puis un regard vers les baskets de Ruslana.

— Tes pompes sont hallucinantes, baby !

— Les vôtres ne sont pas mal non plus.

— Jimmy Choo. Qui n'est pas « chou » du tout. Archi inconfortables ! Une séance de pédicure ne suffira pas pour réparer le chantier. Les tiennes ?

— Almaty.

— Un génie. Il a sa boutique dans quel coin ?

— C'est un ami très cher. Il me refile ses prototypes.

— Des amis comme ça il faut les dorloter. Avant que le show-biz ne lui mette le grappin dessus. Tyra Banks, enchantée.

— Ruslana Korshunov. Ravie de faire ta connaissance.

La belle métisse disparaît, sur ses talons, un halo de musc à la vanille.

Ruslana tente de se calmer. Tout lui plaît ici. Le vacarme, le crachin, les top models sur des échasses, l'haleine capiteuse de la Watts, son franc-parler. La réalité dépasse ce qu'elle imaginait.

Elle sort.

Son pas est lent, elle frôle les tables. Des bribes de conversations, des odeurs délicieuses, des couleurs chatoyantes… Ruslana flotte.

Carrelyn l'accueille avec un sourire triomphant.

— Bravo jeune fille. Un sans faute. Je te parie que Testino viendra nous saluer avant le café.

— Tyra Banks, vous connaissez ?

— Rivale de Naomi Campbell. Ancienne égérie de Victoria Secret devenue présentatrice télé à succès. Millionnaire. 50 % naturel, 50 % artificiel. Les dents qui rayent le marbre.

— On a sympathisé dans les toilettes.

— Remarque toi aussi tes dents pourraient rayer le marbre et ce sera aussi un atout pour commencer… Qu'est-ce que je t'avais dit, Testino rapplique, il n'a pas perdu de temps, laisse-moi faire, pas un mot, tu es mystérieuse, évanescente, en plein décalage horaire… Dès que je te donne le signal tu prononces un mot. Juste un, celui que tu veux, puis silence absolu.

Testino se déchire la mâchoire.

— Ciao Carrelyn. Comment vas-tu ? Tu as l'air en forme…

— Pas dormi, pas baisé, pas bouffé, pas fumé, pas picolé… J'ai connu des jours meilleurs.

Rires outranciers. L'œil de Testino est en train de scanner Ruslana.

— Tu sais que la série pour le *Harper's* est en stand by. Kate ne peut pas se libérer. Natalia est en Australie pendant les dates.

— Vous allez trouver... A part ça ?

— Londres jusqu'à la fin de la semaine puis Paris, trois jours, pour la cover du *Vogue* avec Doutzen puis New York. Je shoote la campagne Tom Ford.

— Un vrai métronome.

Gros blanc dans la conversation. Les mocassins verts font des claquettes sur place.

Carrelyn aspire le sorbet avec une paille. Elle tient et Testino va lâcher. La beauté de Ruslana est plus forte que son ego.

— Tu ne me présentes pas ?

— Mais bien sûr, je manque à tous mes devoirs. Ruslana, Mario. Mario, Ruslana.

— Ruslana ? Ravissante. Ruslana... Russe ?

— Ruslana vient d'Almaty.

— *E che cazzo* ! Géorgie ? Estonie ? Sibérie ?

— Tu t'enfonces, Mario.

Carrelyn écrase les orteils de sa protégée sous la table.

Ruslana oriente son port de reine vers Testino, ose montrer les vis dans ses dents et, de sa voix feutrée, prononce son mot préféré.

— Kazakhstan.

— Waouh ! Merveilleux. Tu as quel âge ?

— Ruslana aura 17 ans l'année prochaine. Elle est arrivée ce matin, directement des bancs de sa classe de terminale. J'aurais préféré qu'elle termine ses études mais elle a un an d'avance et les premières réactions sont étonnantes...

— Les filles du *Harper's* l'ont vue ?

— Tu ne crois pas qu'elle est un peu jeune.

— Si elle me plaît, elle leur plaira. Et cet appareil... *Bellissimo* !

3 décembre 2003

Industria Superstudio
Terrasse du Studio 4
775, Washington street
New York

Sur cette minuscule île bétonnée où l'horizon est en dents de scie, le soleil ne réchauffe pas, il est froid comme un néon. L'écho des sirènes est amplifié par le ciel de plomb qui s'accroche aux gratte-ciel. Les sifflets des coursiers à vélo se joignent au tumulte. L'odeur de la mer, du métro, des hot-dogs. Des grappes de passantes en chignon et baskets. Des chenils qu'on promène au milieu de joggers à la foulée numérisée. Les publicités géantes avec Justin Timberlake torse nu en boxer Armani. Le chauffeur de taxi pakistano-jamaïcano-australo-hongro-bouddhiste. La chambre à 250 dollars au Paramount... Le néon s'éteint. Manhattan devient une ampoule géante. Les gyrophares disparaissent dans cette orgie de lumières. L'Empire State brille, Times Square flambe, Broadway est en fusion. Les appareils photo mitraillent Ground Zero et d'obscurs lounges branchés sont pris d'assaut par des fêtards exubérants.

Ruslana est éblouie. Elle a le monde à ses pieds. Elle entend le pouls de la terre. Les heures, les journées, le temps s'emballent. Sa jeunesse partira en fumée ou en liasses. Sa carrière sera un boulevard vers la réussite ou un coup de grisou. Ses chagrins seront insurmontables, ses joies abyssales, ses histoires d'amour éternelles. Korshunov est un nom pour conquérir l'Amérique.

La terrasse du studio est gelée à cause de l'ombre du building de la Chase. Manhattan est aussi polaire que Medéo. Les banques remplacent les sapins.

Carrelyn Watts, doudoune en mouton retourné et bonnet péruvien multicolore, avance avec précaution.

— Pas trop crevée, chérie ?

— Je n'ai pas eu le temps de me poser la question. Hier, Londres, aujourd'hui, New York, demain, ailleurs. Je vis un rêve…

— C'est toi le rêve, Ruslana. Crois-moi.

Camel light pour Carrelyn obligée de retirer ses moufles en cachemire triple fil.

Dernière gorgée de verveine menthe pour Ruslana.

— Paolo est vraiment très gentil. La maquilleuse, le coiffeur, la directrice artistique, tout le monde est adorable.

— Ruslana, tant que tu es dans l'air du temps, on te désire, tu travailles, tout le monde est aux petits soins. Mais si tu veux mon avis, ne t'excite pas. Donne ta beauté, ta fraîcheur, ta grâce et planque le reste... tes sentiments, enferme-les à double tour.

Trois bouffées successives sans recracher. L'interdiction de fumer rend Carrelyn compulsive.

— Il faut que je t'avoue... j'ai un peu menti à ton sujet.

Carrelyn éternue. Climatisation de l'avion plus climatisation de l'hôtel plus chauffage du studio égale un chaos respiratoire et antibiotiques à la clé.

— Je n'ai pas parlé de iFashion. L'épisode *All Asia* est autrement plus romantique. L'adolescente d'un pays que personne ne connaît, l'élève modèle, obligée de donner des cours d'allemand pour aider sa mère, femme de ménage depuis la mort de son mari... Si on communique en disant que depuis le début tu as voulu faire ce métier, que depuis le départ, tu es consciente de ton potentiel, si tu t'es toujours regardée dans le miroir en prenant la pose avec tous ces fantasmes pour gamines attardées, tu feras chier les magazines, les rédactrices, les photographes et plus embêtant encore, tu feras bâiller ton banquier. Ruslana... la fée kazakhe... sortie d'un conte de Grimm. La Rapunzel slave... Ça en jette ! Tu vois, petite, la mode aime la chair fraîche. La mode est une vieille blasée qui se déteste. C'est pour ça qu'elle change tout le temps. Tu es une cure de jouvence, une bouffée d'air pur... Viens, poupée, on rentre...

A l'intérieur, la sono est à fond. Jamiroquaï met en péril ses cordes vocales et Paolo casse les pieds de ses assistants. Il n'est pas satisfait de la position des projecteurs.

Ruslana retire sa Parka. L'assistante du coiffeur se précipite avec une batterie de peignes et ordonne dans un anglais rudimentaire.

— Pas bouger toi.

Ruslana répond par un sourire. On tire sur ses cheveux, on les crêpe, on les frise, on les brûle... Elle jubile.

L'assistant de la maquilleuse déboule, le rictus contrarié.

— La colle n'aime pas le froid. Le mascara n'aime pas le chaud. Le fond de teint n'aime pas les courants d'air. Je vais te nettoyer.

Coton-tige dans l'œil droit, sur la paupière gauche, éponge sous les narines. Cils coupés. Sourcils épilés. Ruslana a la larme à l'œil... Des larmes de joie.

L'assistante de la rédactrice, une liane hâlée avec les cheveux rouges et un tatouage *God Save Wintour* se plante devant Ruslana. Quatre cintres dans chaque main, huit tenues bariolées.

— Glam fluo destroy ? Pas pour Paolo...
Erotico porno chic ? Pas pour Paolo. WASP
vicieuse ? Pas pour Paolo. Afro ethnico indiano ?
Pas pour Paolo. Gothico black underground ?
Pas pour Paolo. Urban chic wonder woman ?
Pas pour Paolo. Shopping merdique, tu vas
finir à poil, beauté.

Les assistants n'en finissent pas d'assister.

Leurs chefs font des grands gestes et de grands
raisonnements pour conforter leur autorité.

Ruslana est au théâtre, au premier rang. Carrelyn et Paolo refont le monde. Un monde sans
défauts, sans états d'âme.

— Ferme les yeux.

— Pas bouger toi.

— Olé olé néo punk ?

Ruslana pense à sa mère. A cette heure, Galina
est réveillée. Assise dans la cuisine, face à son bol
de café tiède et à son pain rassi. Elle n'ose pas
fixer la photo de Viktor, affronter son regard, lui
avouer que sa princesse est partie à l'autre bout
du monde, seule, et qu'elle a mis entre parenthè-
ses ses études prometteuses. Elle enfile son manteau râpé, vérifie la chambre des enfants. Rouben
dort dans son maillot de Michael Owen.

— Ouvre les yeux, somptueuse créature. Suis-
moi on va te montrer à Paolo.

Carrelyn Watts est en ligne avec la boîte
vocale de Stewart.

— Stewart, no panic, je ne reviens pas avant lundi. Bon, mon chou, j'espère que tu as réussi ton brushing et que tu seras de bonne humeur pour exécuter les tâches du jour. J'ai besoin que tu envoies un mailing illico presto à tous les couturiers de la Fashion Week. Un composite de Ruslana. Taille 1,74 mètre, mensurations 85-58-87, fais gaffe de ne pas oublier les tirets, ou ça fera mon tour de taille. Pour les photos, attends deux secondes, je m'isole… je ne vois que le Pola de Paolo, je l'ai piqué en douce. Ruslana est belle à crever, en plus on voit ses jambes… Il faut que tu envoies un mail à Sorrenti et à Mac Dean. Les deux préparent des séries pour le *Vogue* Italie mais ils sont en shooting dans les Caraïbes… Bon sang, Stewart, les bras m'en tombent… Ruslana est devant moi, maquillée et coiffée comme une reine déchue… Spectaculaire ! Elle ne perd pas un micron de sa jeunesse, une once de sa modernité, un gramme de sa fragilité. On dirait une Vierge Marie en plein Far-West, une apparition mystique à Woodstock, le calme de l'œil du cyclone au milieu de la banquise…

Emportée par la passion, Carrelyn raccroche sans dire au revoir à Stewart.

Parée d'un kimono fuchsia, Ruslana attend sagement assise sur un plot. Les assistants entament une valse autour d'elle, les lumières ruissellent sur sa chevelure dorée, les reflets du décor l'enveloppent d'un halo violet. Elle est irréelle.

Carrelyn s'approche doucement. Un chef-d'œuvre inspire le respect, il exige de l'attention, de la concentration. La beauté de Ruslana force l'admiration, elle est immense et accessible, originale et universelle. Elle donne envie de pleurer, de rire, de croire en Dieu.

— Carrelyn ? Carrelyn ? Vous êtes là ? Vous m'entendez, miss Watts ?

L'agent émerge de son délire spirituel.

— Pardon Ruslana. La mélatonine me rend stone.

— Je peux vous demander une grosse faveur ?

— Je ne peux rien te refuser. Je ne montrerai mes griffes que si tu vas dans une autre agence.

— Je voudrais appeler ma mère. Juste une minute. Je sais que ça lui fera plaisir…

— Deuxième sonnerie. Je pense que c'est mieux si c'est toi qui dis allô.

Ruslana saisit le portable.

— Maman, c'est moi. Ruslana… Ça va, ne t'inquiète pas. Tout va bien. C'est génial. Oui je suis bien installée. Oui je mange. Mais oui maman. Carrelyn ne me quitte pas d'une semelle, tu n'as aucun souci à te faire. Comment ça va à la maison ?…. Rouben ? Dis-lui que la prochaine fois, je l'emporte avec moi à

New York... Je savais pas que ça me plairait autant... Quand tu verras mes photos, tu auras un choc. Mais non, je ne suis pas nue, maman... Je serai à Londres à la fin de la semaine, a priori je shoote... mais non personne ne va mourir, shooter, ça veut dire photographier. Je devrais faire ma première campagne mondiale. Pour une marque de vêtements très connue et très chère. Je vais avoir mon visage dans tous les magazines. C'est papa qui serait fier. Tu sais, je n'ai pas encore osé demander à Carrelyn pour l'argent, j'attends encore quelques jours... Tu me manques. Si j'ai le temps, je t'enverrai un mail, il y a un ordinateur gratuit dans l'hôtel... Oui je dors bien. Bon il faut que je te laisse. Oui je prends soin de moi. Et je suis pas la seule, il suffit que je renifle pour que dix personnes accourent. Mais non je ne renifle pas maman. Je suis en pleine forme... Tu pars au travail, là ? Courage. Je t'aime. Embrasse Rouben.

Un assistant survolté, petite houppette gainée par du gel à la cerise, tee-shirt des Who, jean en lambeaux sur les genoux et diamants aux oreilles, se précipite vers le mannequin.

— Paolo t'attend.

— J'arrive tout de suite, désolée.

— Un conseil. Ne sois jamais désolée. Ce métier est un rapport de force permanent. Si tu t'écrases chaque fois qu'il y a un problème, on te marchera dessus. Je travaille chez Industria depuis des années, les filles qu'on revoit ont du caractère, les filles qui font une carrière ont un putain de caractère et les filles qui deviennent des stars sont des psychopathes. Les lavettes disparaissent à chaque saison. A toi de choisir ton camp.

— Merci.

— Un autre conseil. Ne dis pas trop souvent merci. Tu vas leur donner de mauvaises habitudes. Tu es ici parce que tu es belle, jeune et photogénique. C'est à eux de te remercier et à eux de s'excuser s'ils ne parviennent pas à sublimer ta beauté sur leurs clichés.

— Alors pas du tout merci pour tes conseils. Et jamais de la vie désolée pour le retard...

Ruslana écarquille ses yeux cerclés de poudre verte.

— Si on veut éviter d'être cataloguée comme conne prétentieuse, on a le droit de dire quoi ?

— Pour l'instant, tu fais un sans faute. Paolo est enchanté de ses photos, la rédactrice ravie de son shopping, la maquilleuse contente de son make-up, le coiffeur émerveillé par tes cheveux. Tu valorises leur job... Très vite, quand tu deviendras une star, ils te demanderont de choisir la musique pendant le shooting. C'est ton prochain test... Des filles ont été dégagées pour avoir foutu l'album de Mariah Carrey dans les enceintes...

Ruslana ne racontera pas son adoration pour Mariah Carrey. Ses séances secrètes de karaoké face au miroir du salon singeant les apnées de la diva du R n'B.

Jefferson tripote la pierre sur son lobe droit. Il est hypernerveux.

— Kate Moss écoute toujours du lourd, Led Zep, AC/DC, Deep Purple, Bob Dylan... Il y a toujours une pure ambiance avec elle. Excuse-moi, mais les filles de l'Est, vous êtes un peu restées de l'autre côté du rideau de fer question musique...

— Tu ne devrais pas t'excuser, Jeff. Ça fait larbin pas sûr de lui.

Les indications de Paolo, ses exclamations, les flashes saccadés, les perles de sueur sur son front, son regard habité, parfois un long silence solennel.

Ruslana savoure l'instant, son coup de foudre pour l'objectif.

Dans l'ombre, dans un coin du studio, les yeux de Carrelyn Watts font des étincelles.

6 décembre 2003

Le pas de Ruslana est hésitant.

Le demi-cachet de Carrelyn l'a plongée dans un sommeil de plomb. Elle se souvient du coucher de soleil sur la baie de New York, du début de *Lost in Translation*, du décolleté boudeur de Scarlett Johansson, du double-menton de son agent sur fond de pleine lune à travers le hublot, d'un muffin à la framboise écœurant, de quelques turbulences... Réveillée par l'hôtesse pressée d'en finir avec le service des petits déjeuners. Assommée par les commentaires d'une Carrelyn insomniaque et requinquée par son double espresso et ses trois canettes de Red Bull. Fouettée par l'odeur des serviettes rafraîchissantes au citron. Entassée dans la passerelle de sortie, entourée de parfums passés et d'haleines confinées...

« Ne laissez pas vos bagages sans surveillance. Si un colis suspect est trouvé, il sera automatiquement détruit... Bienvenue... »

Carrelyn Watts serre la poignée de sa valise à roulettes.

— Bienvenue, bienvenue. Ils en ont de bonnes. On a la tête dans le potage et en plus il faut assurer la sécurité. Par ici la sortie, darling. Et couvre-toi, ce n'est pas le moment d'attraper la crève.

Ruslana franchit la double-porte coulissante. Un pincement au cœur. Une décharge d'adrénaline.

L'air de Paris sent le kérosène.

Dans le ciel délavé, des nuées de corbeaux virevoltent au son des réacteurs.

Une longue file de passagers frigorifiés.

Elle découvre la plus belle ville du monde. Comme son père, quelques années auparavant.

Ruslana zippe sa doudoune sans manches. Son écharpe blond cendré. Les yeux piqués par le froid.

La Watts s'énerve.

— C'est quoi ce bordel ?

Un gros type en pleine fellation de Cohiba racle sa gorge.

— Grève des taxis ! Les loueurs sont sold out ! Les Français font chier !

Les hurlements de nouveau-nés suivis par ceux des parents dépassés par les événements.

Carrelyn donne un coup de pied dans un chariot vide avec ses pantoufles à pompons.

— J'aurais dû demander à Stewart de réserver une voiture. Quel pays de ploucs ! Temps de vol, 7 heures. Temps du transfert, 7 heures.

Mesdames, messieurs, éloignez vos mômes, je vais faire un esclandre et ça ne sera pas joli à voir.

— Il doit bien y avoir des bus.

Carrelyn avale sa salive de travers.

— Est-ce que j'ai une tête à prendre un bus, Ruslana ?

Une Opel Corsa beige, vitres bleutées, stickers tribaux sur les portières, pare-chocs rutilants s'approche du trottoir.

Le conducteur, un jeune type à la calvitie précoce et au blouson customisé baisse sa vitre électrique.

— 150 euros pour aller à l'Etoile.

Carrelyn arrache le bras de Ruslana.

— Adjugé, vendu. 200 euros si vous nous déposez devant notre hôtel.

— A ce tarif, je veux bien faire le bagagiste.

Carrelyn et Ruslana montent sur la banquette arrière sous les sifflets et les insultes.

— Démarrez ou je ressors leur casser la gueule.

Effrayée, Ruslana attache sa ceinture de sécurité.

Le chauffeur passe la troisième et tente une question dans un anglais hésitant.

— Vacances ?

— Ecoute, Schumacher, la nuit a été rude, j'ai sans doute le pied cassé à cause de ma séance de kickboxing avec le chariot et je vais devoir lutter toute la journée pour trouver un taxi libre.

Quinze rendez-vous entre midi et 18 heures aux quatre coins de la capitale. On pourrait se jeter dans la Seine pour moins que ça.

— 500 euros la journée.

— 400.

— 450.

— Banco !

Ruslana est terrorisée sur son siège, elle ne comprend pas un mot de français.

Carrelyn lui lance un clin d'œil rassurant.

— Et je te préviens, Kojak. Ne t'avise pas de me faire un sale coup. Je connais Paris comme ma poche et j'ai été la maîtresse du patron de la BAC. Si je te trouve louche, j'hésiterai pas une seule seconde à pulvériser ma bombe lacrymogène dans tes yeux de teckel.

— Vous savez parler aux hommes…

Nouveau clin d'œil à Ruslana, pétrifiée contre la portière.

Le chauffeur accélère.

— Un peu de musique.

— Ruslana, tu as une préférence ?

— Ruslana. C'est joli, ça vient d'où ?

— Un pays où la F1 n'est jamais venue. Kazakhstan. Ancienne capitale Almaty, ville des pommes, un million et quelques âmes… Tu pourrais me faire un prix avec tout ce que tu vas apprendre.

Céline Dion donne de la voix.

Le chauffeur s'enflamme et pousse la chansonnette.

Carrelyn soupire. Elle adore son job.

Ruslana voit défiler des barres d'immeubles. Des parkings. Des pylônes. Des poids lourds et des caravanes. Des paraboles. Des grues. Des ponts, des tunnels. Des chantiers. Paris se découpe sur l'horizon.

Elle se sent seule. Au milieu de nulle part, petite, sans éclat, perdue dans les brumes matinales.

La fatigue noircit le tableau. Elle doit se ressaisir. Paris est la consécration. Après Londres et New York, la gloire est à portée de main. Les câlins, les disputes, les conseils, les fous rires, les jetons rouges attendront. Galina, Rouben, Pia, Mila et Lavon comptent sur elle.

Ruslana se ressaisit. Regard de killeuse en direction du rétroviseur.

— Céline Dion, ça ne va pas être possible, monsieur 450 euros. Vous n'avez pas de la vraie musique genre les Who ?

Carrelyn Watts grimace. Avec l'avion, sa langue a doublé de volume.

— Tu as entendu la demoiselle ? Tu balades la Rapunzel slave, il va falloir faire un effort si tu ne veux pas qu'on se trouve une caisse un peu moins ridicule.

7 décembre 2003

Studio Daylight
30, rue Moret
Paris

http://ruslana-87. kazakhblog. com

0 commentaire.

Pas de commentaires. Que se passe-t-il ? Je ne vous intéresse plus ? Vous êtes jaloux de mon conte de fées ? Vous êtes allergiques aux success stories ? Tonton-Riton, c'est quoi le problème ? J'ai plus droit à tes poèmes enflammés ? Tu te mêles plus de ma vie depuis qu'elle est digne d'intérêt. Pauvre type ! Je vais commencer à penser que tu préfères les loosers. J'y crois pas ! Tu es plus inspiré par une écolière que par une star ? Tu n'assumes pas. Tu as intérêt à rappliquer. Je ne veux pas d'aigris sur mon blog, compris ? Et toi, miss Yolanda45, ne me dis pas que tu as trop de taf pour m'écrire. Je te connais, tu as tellement de questions à me poser que tu ne sais pas par laquelle commencer. Godzilla999 ? Myrtille-Bis ? Marsupilami ? Il y a quelqu'un sur cette maudite toile ?

135

Moi je bosse avec des gens qui m'aiment alors qu'hier encore ils ne m'avaient jamais croisée. Mais je prends du temps pour vous et je me demande si vous le méritez.
Alors quelques news du front avant que je reparte dans un studio surchauffé où je suis le nombril du monde.
A New York, il y avait de la folie, à Londres, de la fantaisie. J'attendais sans doute beaucoup trop de Paris. Ma déception est grande. Je ne me sens pas dans mon assiette. Les gens sont agressifs, désagréables, prétentieux. Leur indifférence est méprisante. Au moins, les Anglo-Saxons font semblant, ils simulent un intérêt, un enthousiasme. Ici rien. Paris joue mal la comédie et mal la tragédie. Il me tarde de dégager...

Obscurité dans le couloir.

Ruslana appuie sur la minuterie. A ses pieds, des moutons de poussière, des cartons de pellicules argentiques et des courants d'air. Elle se rassoit en tailleur, emmitouflée dans un peignoir blanc oversized, le visage recouvert de poudre nacrée, les cheveux en bataille. Elle tape frénétiquement sur l'ordinateur de son agent.

... Même si je la trouve parfois agitée du bocal, je n'ai rien à reprocher à Carrelyn. Elle m'accompagne à tous mes castings, elle appelle tous azimuts

dans les rédactions et chez les couturiers. Elle se démène pour deux. On dirait presque qu'elle joue sa vie et la mienne.

Cette nuit, j'ai mal dormi. J'ai l'impression d'avoir un marteau-piqueur dans le crâne. Carrelyn m'a donné une aspirine, j'ai saigné du nez. La dernière fois, c'était en EPS, au cours de handball, à défaut de coton, j'avais utilisé mes cheveux pour boucher les narines. Je n'aime pas retomber en enfance, quand les jupons de ma mère me manquent. Je pense trop pour faire du bon travail. Je ne vais pas m'arrêter à la troisième foulée. Surtout quand les deux premières ont été si agréables. Je dois au moins finir un tour de stade en entier. D'ores et déjà, je sais que Paris ne sera pas une ville où je ferai des performances. A l'avenir, je déclarerai forfait. Sauf si on me paye une fortune.

Aujourd'hui, je fais des photos pour le Elle. *De la beauté. Autrement dit des gros plans sur mon visage de seize ans. Ma peau de bébé est une bénédiction pour les vendeurs de fond de teint. Quand je vois le résultat, j'ai du mal à me reconnaître. Je me trouve belle, surtout la bouche fermée. J'ai toujours un peu la même expression lasse et mélancolique. Carrelyn m'a dit de travailler mon regard, mes émotions. Elle m'a trouvé un coach. Pour le moment, ce que je sors de moi, n'est pas terrible. Pas besoin d'être majeure pour savoir que ça pourrait devenir un problème. Je suis une actrice muette qui donne envie de chialer, de renifler, de se lamenter. D'après la Watts, une actrice qui ne donne pas envie de baiser n'aura jamais une carrière de star. Pareil pour les mannequins. Les top models ont du sex-appeal, elles aiment jouir et faire jouir. J'ai du boulot. Je parle couramment anglais, allemand, russe et kazakh, je suis une tueuse en maths, pour le reste je suis très en retard. Tu avais raison Yolanda45, le plaisir rend encore plus photogénique.*

On a commandé des sushis pour le déjeuner. Des plateaux de poissons crus qui rendent l'équipe hystérique. Il paraît que les top models en raffolent, que ça rend belle, maigre, juvénile, gracieuse... Les kebabs ont eu, sur moi, un effet similaire !
Bons Baisers de Paris. Rus.

> *Posté par : Ruslana-87*
> *le 7/12/2003 à 14 h 49*

A nouveau le noir.

Ruslana ferme ses paupières. Elle entend le va-et-vient de l'ascenseur, des voix lointaines, la ventilation du PC, les palpitations de son cœur. Une petite voix intérieure lui ordonne de se réjouir. Soudain, des pas lourds et décidés.

— Qu'est-ce que tu fais là, princesse ? Je te cherchais partout.

— J'avais besoin de m'isoler un peu.

Carrelyn s'est coiffée d'un béret mais ça ne lui va pas. D'ailleurs, rien ne lui va.

— Jet lag ! Je connais par cœur. Allez, suis-moi, il faut que tu manges.

— Merci pour le portable.

— Tu me diras merci quand tu pourras t'acheter le tien. Stewart vient de m'appeler, la compta t'a ouvert un compte à la Barclays et tu vas encaisser tes premiers cachets. D'ici quinze jours, tu auras une carte bancaire. Ça va te changer la vie. Au début, tu y vas mollo, je t'ai prévenue, pour le moment, on a privilégié les shootings prestigieux et mis de côté les tarifs. Tu te fais un prénom, un nom et après on fonce. Campagnes mondiales, défilés en exclu, à nous le jackpot !

Ruslana tombe dans les bras potelés de Carrelyn.

— Je ne pourrai jamais vous remercier.

— Commence déjà par rester avec l'équipe après la séance. Partir en douce, ça craint. Les filles de l'Est ont cette fâcheuse tendance à faire bande à part, c'est pour ça que les Américaines et les Européennes résistent encore. Elles sont moins belles mais plus urbaines. Quand il y a un voyage pendant dix jours sur une île déserte, on privilégie la bonne ambiance.

Carrelyn Watts ajuste son béret jaune et vert.

— Une pièce unique offerte par Jean-Paul...
Gaultier, mon ami... intime... Il passera en fin de
journée, je garde cette flaque de guano sur la tête
pour lui faire plaisir. Tu serais parfaite pour son
show. D'ailleurs, je lui ai beaucoup parlé de toi.

Les deux femmes descendent par l'escalier
de secours.

L'une derrière l'autre, Carrelyn se tient à la
rampe, Ruslana à la page de son blog.

— Mademoiselle Watts ?

La nuit tombe subitement sur les marches.

Aucune ne bouge. Des portes claquent au
loin, des bruits de semelles pressées en écho.
L'haleine de Carrelyn sent la pollution.

— C'est une journée sans. Je suis désolée.
Vous ne méritez pas ça.

— Je ne mérite rien, Ruslana. Mon cas ne
m'intéresse pas et surtout ne devrait pas te pré-
occuper.

— J'ai le vague à l'âme. Depuis hier...

— Le fameux « Paris syndrome ». Ce qui est
supportable à New York, anecdotique à Londres,
secondaire à Madrid, est plombant à Paris. J'ai
fini par être vaccinée. Tu n'as pas d'amoureux ?

— Non...

— Bientôt, pendant que je me battrai pour en
trouver un, tu te battras pour n'en garder
qu'un. Tu te rends compte, je n'ai jamais flirté
avec un Français. Le baiser de Doisneau, c'est

de la publicité mensongère… On rallume ou on joue à Colin-Maillard ?

— Encore une seconde, s'il vous plaît… Vous feriez quoi si vous aviez une fille de mon âge ?

— Je draguerais ses copains.

— J'ai besoin de savoir, Carrelyn. Ce qui m'arrive est tellement incroyable… Je panique. J'ai peur qu'on me dise que c'est une blague, que finalement je ne fais pas l'affaire. Si je continue, je m'habitue. Je ne pourrai plus jamais me passer de ces journées de folie douce. Finalement, je préfère partir aujourd'hui, avant qu'on me le demande.

Quelqu'un a rallumé dans les étages.

— Si j'avais une fille de ton âge, j'aimerais bien que tu sois sa meilleure amie. J'aimerais qu'elle ait tous les défauts du monde pour une seule de tes qualités. Je voudrais qu'elle me dise quand je déconne, j'exigerais des câlins mais j'aimerais qu'elle me traite en copine, je refuserais qu'elle fasse mon métier et, très important, je ne lui prêterais jamais mes superfringues… Ah Ruslana, j'aurais adoré.

Sourire triste de Carrelyn.

— Combien, je te dois ? Mon psy va faire la tronche quand je vais lui dire que je le remplace. Exit les divans et vive l'escalier en colimaçon. Allez, chérie, j'ai les crocs, les lamelles d'anguille vont nous remonter le moral.

16 décembre 2003

Ruslana ne dort pas.

Dans la pénombre, elle sourit aux anges.

La suite mesure au moins 100 m². Bercée par le chant des cigales marocaines et le clapotis de la fontaine en onyx, elle repense au film de sa journée. Depuis un mois, elle est l'héroïne d'une superproduction. On la couvre de compliments, d'habits de rêve, de crèmes parfumées et d'onguents précieux. Elle pose, se change, ajuste ses bretelles, remue ses cheveux, déjeune d'un bouillon thaï, boit du thé à la menthe et respire les effluves de fleurs d'oranger. La fin de la séance se prolonge dans un feu d'artifice de superlatifs. On la félicite parce qu'elle est belle et que la lumière l'aime plus que quiconque, on l'aime parce qu'elle parle anglais avec un léger accent plein de mystère et de charme, on la congratule pour son dentiste avant-gardiste, sa grâce indémodable… Après on la laisse se reposer. Beauty sleep oblige.

Elle ne dort toujours pas.

142

Demain, elle est convoquée à 6 heures du matin. Maquillée dans la chambre du maquilleur, coiffée dans la chambre du coiffeur, habillée, plus tard, sur la route d'Essaouira dans un van Mercedes tamisé et climatisé. Au programme, six photos en robe de bal années 50. Escarpins dorés, couronnes de plumes multicolores, colliers baroques... Un mirage au milieu des dunes à perte de vue. Un oiseau de paradis perdu.

Elle rentrera au coucher du soleil, brûlante et comblée, rejoindra son palais berbère, se démaquillera avec des huiles essentielles, dînera de quelques dattes, discutera avec une sauterelle égarée et rêvera éveillée à ces moments bien réels.

Carrelyn l'appellera pour faire le point, comme ce soir, comme tous les soirs. Elle lui annoncera encore de grandes nouvelles, de futurs voyages, des rencontres capitales, des tarifs extravagants...

Ses yeux se promènent dans le vide.

Ils en ont tous connu, des filles jeunes, merveilleuses, immatures, qui se sont grillées prématurément. A force de sortir, de fumer, de boire, de sniffer, de guetter leurs proies sur les dance-floors des clubs à la mode.

Pas Ruslana. Elle ne tombera pas dans ce piège. Elle a voulu cette place, ce rôle, ce métier. Elle assume et ne flanchera jamais. Ni à Marrakech, face à l'Atlas et aux rives du Sahara, ni à New York, malgré les folles tentations, les

143

propositions d'un soir, l'excitation contagieuse, ni à Moscou avec ses généreux oligarques célibataires qui postillonnent des millions de dollars, ni ailleurs. Ruslana tient le cap. Elle pose, empoche, économise sou après sou. Un jour, grâce à elle, sa mère deviendra la plus riche d'Almaty.

Elle ne dort toujours pas.

Compter les grains de sable restés dans ses ballerines, les étoiles filantes au-dessus de ses yeux fatigués, compter le nombre de jours qui la sépare de son retour chez elle, les fois où on lui a dit qu'elle était somptueuse, ses grains de beauté sur le ventre, compter les secondes écoulées depuis sa naissance ou celles qui s'écouleront jusqu'à sa mort.

Compter les chaînes reçues grâce au satellite. Aljazeera, Al Maghribiya, CNN, FOX news, la Raï, TV5, NTV, Disney Channel España, Sat.1, ZDF... La présentatrice, Pia Werner-Mann, une blonde proche de la trentaine et de la banalité. Elle débite les températures au-dessous de zéro, une tendance à l'aggravation pour la fin de la semaine, éphéméride, pleine lune, bonne nuit...

Compter le nombre de sonneries.

... 21, 22.

— Bonsoir, Pia... C'est Ruslana... Je suis à Marrakech.

Grognement enragé.

—Je regardais par hasard la ZDF... et je tombe sur la fille de la météo qui s'appelle Pia... Je vous ai réveillée ?

— Il n'y a que des conneries à la télé !

— Contente de vous entendre ! Quoi de neuf du côté des Amis de l'Allemagne ?

— Assez parlé de moi. Dis-moi surtout comment ça se passe pour toi. Heureuse ?

— C'est un conte de fées, Pia. Tout est allé tellement vite. Je suis dans un état second. Je gagne de l'argent, beaucoup d'argent sans rien faire de mes dix doigts.

— N'ébruite pas trop l'info et méfie-toi des vautours déguisés en Princes Charmants, trésor. L'argent facilite les mauvaises rencontres.

— Je mets de côté pour Galina.

— Pense à toi aussi. C'est de ton âge.

— De mon âge d'être logée dans un duplex plus luxueux que notre Musée National du Patrimoine.

— Tu vas grandir en accéléré, Ruslana. A toi de gérer. Amuse-toi mais ne te disperse pas. Joue mais ne te prends pas au jeu. Emerveille-toi mais ne sois pas aveuglée... Voilà que je parle comme une bonne sœur. Moi qui suis athée jusqu'au bout des ongles.

Le son d'une bouteille qu'on décapsule.

145

— Michelob est mon dieu. Mes chats sont ses apôtres. Le paradis sera une immense fête de la bière.

— Je suis grisée, j'ai plus sommeil, plus faim, j'ai l'impression d'avoir pris la place d'une autre.

— C'est normal… ne boude jamais ton plaisir, essaie juste de l'apprivoiser…

— Vous pensez que j'ai fait le bon choix ?

— Difficile de donner mon avis avec la poisse que j'accumule. Laisse-moi prendre une gorgée… Je suis sûre que si c'est un mauvais choix, tu t'en apercevras à temps.

— Merci, Pia. Je vais vous laisser dormir…

— Maintenant que j'ai ouvert les hublots. Lâcheuse !

— Prenez soin de vous.

Ruslana raccroche.

Elle se glisse sous la couette, se force à fermer les paupières.

Compter les battements de son cœur.

Compter les chats de Pia Ludwig. Compter ses élèves.

Compter les sièges autour de la patinoire Medéo.

Compter les marches du bâtiment 41.

Compter les étages de l'Empire State Building.

Compter les photos en couleur dans son book.

Compter les livres sterling sur son compte.

Ruslana ne dort toujours pas.

22 décembre 2003

Hôtel du Palais
Biarritz

L'océan déchaîné, la plage balayée par les rafales.

Sur la terrasse au-dessus de l'eau, Ruslana ne ressent pas le froid. Elle fixe la nuit, l'horizon cotonneux, la lumière du phare qui peine à percer les embruns.

Demain, elle shoote pour le *Glamour*. 12 pages plus un essai de couverture. 4 jours prévus. Stevie Halley à l'objectif, Blaise à la brosse, Stephan au pinceau, Marie-Amélie au stylisme. Une équipe de choc pour son deuxième voyage en solo. Carrelyn n'a pas pu venir. Son père est en train de mourir.

Mais il est déjà demain et elle n'a pas fermé l'œil.

La mer rend insomniaque, le lit trop grand, les draps soyeux, les oreillers trop tendres, le concerto des vagues qui s'écrasent contre la falaise. Ruslana ne parvient pas à lâcher prise.

Elle s'assoit devant le bureau, finit sa deuxième bouteille de Red Stripe, rote, regarde sa tignasse dans le miroir, claque des dents et finit par un rire sans éclat. Elle étouffe dans une junior suite plus grande que le troisième étage du bâtiment 41. Elle doute de ses choix, les pieds confortablement calés dans la moquette du palace. Elle pense à sa vie d'avant, plate, grise, insipide et se demande si les reliefs de la nouvelle lui conviennent mieux.

A-t-elle le droit de sacrifier le cachet du shooting, 1 000 euros, presque 200 000 tenges pour un grotesque passage à vide ? Foutre à la poubelle sept années de ménage de sa mère parce que l'air de Biarritz est trop iodé ?

Ruslana soupire.

— Tu ne réponds pas ? Bouche cousue, petite conne ? Je te comprends. Mieux vaut la fermer pour ne pas t'enfoncer davantage. Bon, allez, c'est l'heure des exercices, qu'est-ce que tu en penses ? 3 heures du matin pour perfectionner ton regard... A mon top, tu feras l'espiègle. J'ai dit l'espiègle, pas la niaise. Pauvre gamine... Tu n'es vraiment pas douée... Maintenant, la chienne. Wouaf wouaf. Pas un cocker, Rapunzel. Chienne qui a les crocs, qui frime, qui est la plus belle du quartier. Tout ça dans un putain de regard, ce n'est pas sorcier. Applique-toi, merde. Il y a des millions en jeu, tu ne réalises pas.

Dépitée, elle rallume son ordinateur acheté 700 euros après une avance sans frais de la comptabilité.

Mot de passe : ★★★★★★

Bienvenue Ruslana. En fond d'écran, le logo de Glitter façon Union Jack.

http://ruslana-87. kazakhblog. com

3 commentaires.

Tu exagères ? Il y a un mois, tu n'arrêtais pas de te plaindre, Almaty te sortait par les yeux, ta misérable existence te foutait la gerbe et maintenant tu te pinces le nez parce que les Parisiens ont des grands airs et ne traitent pas avec assez d'égards une môme de 16 balais. Retombe sur terre, ma fille ou tu vas être encore plus antipathique que Paris Hilton. Souris, envoie-nous des photos de tes virées internationales et fais-nous rêver. Et cueille la nuit aussi. Débranche ton cerveau, il te joue encore des sales tours. Profite et pense à tous ceux qui adoreraient jouer les blasés au dernier étage de la tour Eiffel. G, le gorille de la brume kazakhe.

Posté par Godzilla999
le 22/12/2003 à 00 h 34

149

Ton blog est passionnant. J'ai hâte de te lire chaque soir quand je rentre de la fac. Tu m'épates et tu m'intimides.
Moi aussi je rêve de changer de vie. Je ne sais pas si un jour, j'en aurai le courage. Mais grâce à toi, au moins, je me dis que c'est possible.
Tu ne dois pas flancher, Ruslana.
Tu ne dois jamais regarder dans le rétroviseur.
Fonce.

Posté par Marsupilami
le 22/12/2003 à 00 h 52

Salut Rus. J'étais déconnectée depuis plusieurs semaines. Plus le temps de lire ton blog. La faute à un homme à qui j'ai dit OUI. On s'est rencontrés le mois dernier, ç'a été le coup de foudre. On se quitte plus. Il s'appelle Vlad, 25 ans, plus aucun cheveu, trop de ventre. J'aurais préféré le contraire. Sa demande avait une allure folle. Il l'a faite dans un restaurant gastronomique, dîner aux chandelles tout le tralala. Il a commandé du champagne (c'était mon baptême des bulles). Quand le serveur a rempli ma coupe, il y avait une alliance à l'intérieur. J'en menais pas large. Mais j'ai pas hésité une seconde alors que je connaissais pas grand-chose de lui. J'aime ses baisers, son odeur le matin, sa bonne humeur permanente, ses regards qui me rendent belle au réveil. On va déménager. Vlad veut reprendre le pressing de ses parents dans la banlieue de Kiev. Moi j'ai rien à reprendre et je suis jamais sortie de mon trou sibérien. Je l'ai dans la peau, je le suivrais n'importe où. Je suis une amoureuse sans amour-propre.

Je ne sais pas si c'est aussi fort que ce que tu vis mais c'est déjà formidable.

Posté par Yolanda45
le 22/12/2003 à 1 h 18

Derrière la vitre pleine de larmes, la marée a pris du volume.

Tant pis pour la facture.

9 pour un appel extérieur, 001 vers l'international, 7 l'indicatif du pays, 3272 de la ville...

— Allez, Rouben, décroche. Tu pionces ma parole. Tu n'as pas changé.

Dixième sonnerie.

— Bouge-toi, c'est pas possible. Tu vas battre Ludwig, si ça continue. 15, 16, ne me dis pas que tu as arrêté avec tes grasses mat... Allô. Salut toi. C'est ta sœur chérie. Quoi de neuf du côté de ton plumard ?.... Je suis contente de t'entendre, tu as mué, ma parole...

Ruslana fait les cent pas. 21 °C et elle grelotte.

— Attends frangin, je te mets sur ampli.

Une gorgée de bière. Elle branche le haut-parleur du combiné.

— Tu es où là ?

— Biarritz. Je suis face à l'océan. L'hôtel est sublime. Dans la salle de bains, il y a des peignoirs, des pantoufles, un jacuzzi, une douche à jets...

— L'angoisse, tu sais pas où te laver alors tu m'appelles. Prends le bidet, ça te rappellera notre baignoire.

— Et le foot ?

— C'est quoi le problème, Ruslana ? Tu es in love avec un footballeur ?

— Je m'intéresse à toi...

— C'est nouveau, ça te fait du bien de voyager.

— Pas de mauvais esprit.

— Je me doute bien que t'appelles pas pour un débriefing de mon dernier match perdu 2-1 contre Astana. J'ai quand même mis un but.

— Bravo.

— Contre mon camp.

Ruslana s'est enroulée dans les doubles rideaux.

— Hello, t'es partie ? On te fait un contour des lèvres ? Ruslana ?

— Excuse-moi, frangin. Il y avait de la friture sur la ligne. C'est bon, maintenant, je te reçois 5 sur 5.

— Tu reviens quand ?

— En fait, je ne pourrai pas revenir pour les fêtes. Je voulais t'en parler avant de l'annoncer à maman.

— Tu charries.

— Je finis les photos ici le 26. Il y a une grosse réception dans les salons de l'hôtel et Stevie veut shooter en décor naturel, ça fera archi glamour et un peu trash sur les bords.

— Stevie Wonder ?

— Réserve ton humour du Quart-Monde à tes potes de vestiaires ! Halley, une immense star de l'objectif... La fête du Siècle, c'est le nom de la série. Si tout va bien, je fais ma première cover. Après je m'envole pour Saint-Barthélemy. Dix pages pour *Grazzia*. Je n'ai pas le choix, Rouben. Des milliers de filles paieraient pour être à ma place, moi je suis payée et je serai payée de plus en plus. Tu refuserais ?

— Une femme riche... Tu feras fuir les hommes.

— En attendant, je fais fuir mon frère. Comment va maman ?

— Bien. Elle se réjouit de te voir dans deux jours. Elle cuisine depuis ton départ et planque des paquets dans tous les recoins de l'appartement.

J'ai beau lui dire que tu ne crois plus à Santa Claus...

— Du côté de Lavon ?

— Toujours en apnée entre deux pulvérisations.

— Je ne te demande pas des nouvelles de son collutoire, je veux savoir si son cousin vient à Almaty pour les fêtes.

— Radomir shoote la cover de *SaltoMagazine* à Ipanema le 25... Pas de bol.

— Ce type a réussi à faire sourire notre mère, Rouben. Un vrai sourire pas un forcé pour nous rassurer.

— Le gnome vient. J'espère qu'il ne s'asphyxie pas toutes les deux secondes comme Varlimov.

— Elle le sait ?

— Non mais je vais m'empresser de le lui dire. Ecoute, maman, j'ai une bonne et une mauvaise nouvelle. Radomir vient passer les fêtes avec toi mais pas Ruslana. Un inconnu que tu as croisé une heure dans ta vie se casse le cul pour faire un retour à l'âge de pierre alors que ta fille chérie pour laquelle tu te saignes depuis des années n'aura pas son vernis assez sec pour prendre un avion et venir t'embrasser.

— Elle sera déçue mais elle comprendra...

— C'est pas gagné. A part ça, miss Korshunov ? Tu veux des conseils pour des placements bancaires ?

— Carrelyn a mis la comptable de l'agence sur le coup. Je comprends rien à ces histoires d'impôts, de frais d'agence, de commissions clients… Chacun son métier.

— C'est risqué. Mets-y ton nez de temps en temps, au moins fais semblant.

— Je n'ai pas le temps. Je suis certaine que Carrelyn est honnête. La pauvre est partie de toute urgence au chevet de son père.

— Je croyais qu'elle était orpheline.

— Tu dois confondre.

— Je me souviens très bien de notre première conversation. OK, je suis flemmard, chiant, un peu lourd mais pas distrait. Ou elle m'a menti ou elle t'a menti. Perso, je crois pas à la résurrection.

— Pardon, Rouben, mais ton anglais n'est pas terrible. C'est déjà insensé que tu aies réussi à lui extorquer deux maillots de foot. Je connais Carrelyn mieux que toi, elle est cash.

Ruslana est allongée sur le lit, les bras en croix, les cheveux disposés de part et d'autre de son corps. Elle bloque sa respiration.

— Un conseil, vérifie mon info. Pose des questions à droite à gauche. J'aime autant qu'on ne te prenne pas pour une conne. Riche et conne, tu ne vas pas faire de vieux os sur cette foutue planète… Allô la France ? Ruslana, un boulon s'est détaché de ta bouche ? Tu cherches

155

une clé à molette ? Dans la famille Korshunov, je demande la top model... Hou Hou !

Les poumons de Ruslana explosent.

— Pardon, pardon. J'avais un appel sur l'autre ligne.

— Prends-moi pour un débile maintenant. En plein milieu de la nuit, tu reçois des doubles appels ? Ça ressemble à du harcèlement téléphonique la vie de château... D'ailleurs, pourquoi tu dors pas ? Il est quelle heure chez toi... 3 du mat ! Délire... Fais chier, Ruslana, je t'entends plus ? Tu dis quoi ? Enlève l'ampli, je comprends rien... Tu pleures, sœurette ? Tu pleures ou tu ris ?

Ruslana a raccroché.

Très énervée, elle appuie sur le 9. Tonalité. 00139 suivi du numéro de portable de Carrelyn.

« Au top sonore, essayez de dire un truc intelligent. Sinon, fermez-la et effacez-moi de votre répertoire. »

— Bonsoir mademoiselle Watts. C'est la Rapunzel biarrote. Toutes mes condoléances pour votre père. Je suis vraiment désolée. Remarquez ça nous fait un point commun. Plus de papa. Libre comme l'air. Enfin vous pourrez trouver un mari. Il vous a fait un sacré cadeau de Noël en tirant sa révérence. Enfin... J'espère que ce décès ne va pas compromettre votre fin d'année.

Vous auriez été bien ici. J'imagine que c'est un endroit rêvé pour faire son deuil.

La fatigue l'a rendue stone. Son reflet, sa voix, sa respiration, tout est flou. Elle se lève, enfile une veste en laine, les claquettes de l'hôtel taille 45 et sort de sa chambre en se cognant aux murs.

D'énormes sapins enrubannés en rouge et vert jalonnent le couloir. Sur chaque porte, une couronne de pommes de pin avec un *Joyeuses Fêtes* en lettres d'or. De l'autre côté, des voyageurs comblés, des couples enlacés, des ronflements saccadés, des angoisses nocturnes. Ruslana pouffe et attrape le hoquet. Trop grandes les pantoufles, elle continue pieds nus.

Cramponnée à la rampe, avec l'atroce sensation que le sol se dérobe et qu'elle va tomber la tête en avant, Ruslana descend le grand escalier en marbre. Le lustre gigantesque est éteint, le lobby vide, la réception déserte.

Le bar, devant la Rotonde. Un paquebot en pleine tempête. La poupe du navire en haute mer.

Ruslana se vautre dans un canapé vieux rose et enfouit son visage dans un coussin frangé. Elle cuve dans du satin.

Dans ses oreilles, les reproches de son frère, la berceuse de sa mère, la voix de Viktor quand il rentrait de ses longs périples les bras chargés

157

de cadeaux, le rire de Mila, le déclenchement du Nokia de Demarchelier, *Anyway, Anyhow, Anywhere* des Who...

— Je peux faire quelque chose pour vous ?

Pas de réponse.

— Bonsoir... ça ne va pas ? Vous vous sentez mal ?

Ruslana tente de stabiliser son regard sur un serveur en costume écru.

— Je vais mourir.

— Personne n'est jamais mort à l'Hôtel du Palais, mademoiselle. Je vous apporte tout de suite un verre d'eau fraîche.

— Non, ne bougez pas. Restez avec moi, s'il vous plaît. J'ai peur de rester seule.

— Vous êtes russe ?

— Pas au niveau. Pétée après deux Red Stripe. Kazakhe.

— Alexey, je viens de Simferopol en Crimée.

— Enchantée, moi c'est Ruslana. Désolée pour le spectacle...

Tête rasée à la tondeuse position 3, des yeux marron clair, des sourcils épais, un front cabossé, une bouche charnue. Mila craquerait.

— Depuis mon arrivée ici, je suis au room-service de nuit. Je vous rassure, j'ai vu plus ivre que vous. On m'a même vomi dessus une fois, au début. Maintenant je fais attention.

Ruslana se redresse. Ce garçon est sympathique. A peine plus vieux qu'elle, d'un pays un peu moins arriéré que le sien.

— Vous avez quel âge ?

— 22. Depuis ce soir.

— On se tutoie, non ?

— Tu es une cliente, ça ne serait pas correct.

— Tu crois que c'est correct de te faire travailler aujourd'hui ?

— Je suis là depuis un mois, je connais personne... J'aime autant bosser. Je mets de côté un max de fric avant de repartir au pays. C'est une aubaine de bosser ici. Avec les pourboires, je double presque mon salaire. Je rencontre des gens influents. J'ai servi le maire de Saint-Pétersbourg, celui de Riga, le ministre des Affaires étrangères de Russie, Poutine himself, très cool comme mec... Et vous, mademoiselle ?

— Pas la peine de prendre tes gants, Alexey, j'ai 16 ans et je suis très cool comme fille.

— Tu es là avec tes parents ?

— J'ai quitté les bancs de mon lycée d'Almaty pour la première fois le 10 novembre. Depuis je suis allée à Moscou, Londres, New York, Paris, Marrakech et maintenant ici. Pour des photos de mode. Je suis mannequin.

La bière fait moins d'effet, le serveur un peu plus.

— Tu me trouves moche ?

Inquiet, le garçon pose son plateau et dévisage Ruslana.

— Pas moche...

— Supercompliment. Mais je te comprends, je ne m'aime pas non plus. En revanche, les Occidentaux grimpent aux rideaux dès qu'ils m'aperçoivent.

Le serveur est nerveux. Coup d'œil droite gauche, RAS. Il pense à la caméra de surveillance.

— Je vous sers à boire ?

— A condition que tu trinques avec moi.

— Je n'ai pas le droit. Et si on me voit avec vous, on me vire.

— Je prendrais ta défense, je dirais que c'est de ma faute. Tu t'assois ?

— Cinq ans que je trime pour avoir un visa, la plus belle fille du monde n'arriverait pas à me faire fléchir les genoux.

— Je suis descendue au bar avec l'intention d'aller me baigner. A cette heure-ci, sans ton intervention, je serais sans doute morte d'hydrocution ou noyée ou dévorée par un grand requin blanc ou agressée par une bande de pirates ou décapitée par l'hélice d'un pétrolier ou... Tu m'as sauvé la vie et je veux te remercier. La direction de l'hôtel ne trouvera rien à redire.

Alexey desserre son nœud papillon. Cette fille géniale ne doit lui plaire sous aucun prétexte.

Ruslana croise les jambes et cache ses cheveux dans son peignoir. Depuis qu'il lui a dit qu'elle n'était pas moche, elle se trouve presque jolie.

— Notez, monsieur. Je veux un gâteau au chocolat avec 22 bougies, une bouteille de cidre frappé, deux coupes. Si vous ne trouvez rien de tout cela, votre compagnie fera amplement l'affaire.

Le rire de Ruslana envahit la Rotonde.

12 mars 2004

Galina est assise en bout de table. Une robe violette neuve, une couleur de cheveux neuve, de faux ongles neufs, un pendentif neuf, des boucles d'oreilles neuves. Un amant russe est passé par là. Elle regarde Ruslana avec insistance, pour rattraper les mois perdus, pour savoir surtout comment sa relation avec Radomir sera jugée.

Rouben gigote sur sa chaise et finira par se casser la gueule. Pour une fois, il n'est pas hirsute dans son survêtement plein de sueur sèche. Trop parfumé, trop gominé. Il s'est glissé dans la chemise à carreaux, le pantalon velours et le blouson en cuir oversized de son père.

Mila a embelli. Elle sourit sans arrêt et a décidé de remettre sa frange dans les mains de professionnels.

Pia Ludwig a bu avant de venir et boira certainement en rentrant. Elle n'arrive pas à lâcher son verre et la bouteille qui va avec. Quant à

162

son tailleur pied-de-poule, il a déjà servi et pas seulement pour les grandes occasions.

Lavon Varlimov a sorti le seul costume de son placard. Pattes d'éléphant, épaulettes surdimensionnées, cravate à pois rouges. Un clown asthmatique, pas certain que ça fasse rire les enfants.

Sur la table, même la tête de mouton semble fière d'avoir été sacrifiée pour une bonne cause.

Galina s'extasie en feuilletant le book de sa fille.

— C'est incroyable, jamais je ne t'aurais reconnue. Tu es fabuleuse, trésor. Regardez celle-là, madame Ludwig. Vous n'allez pas me dire que c'est ma Ruslana ?

Pia plisse les yeux.

— Je préfère largement le modèle original.

— Moi j'adore celle-là... avec cette robe... De la soie mauve avec un drapé vert amande... Ma chérie, quelle robe, j'ai jamais vu une merveille pareille.

Tu n'as jamais rien vu de ta vie, pauvre maman. Et ton pygmée donne plutôt dans l'acrylique, pas vrai ?

Ruslana a envie d'une cigarette. Elle aspire la fumée recrachée par Pia.

— Armani.

— Armani, Almaty... C'est un peu pareil, normal que ça me plaise. Et toi Rouben, laquelle tu préfères ?

Rouben est fasciné par le décolleté de Mila.

— Qu'est-ce que j'en sais, m'man... C'est des trucs pour les nanas, ces histoires de chiffons.

— Mon cher Lavon, acceptez-vous d'avoir un point de vue sur des histoires de chiffons ?

— Tu es radieuse, Ruslana. Je suis bluffé. C'est vrai que je n'y connais pas grand-chose mais je constate que depuis que je t'admire sur papier glacé, je respire mieux. Et ce maquillage...

Pia exécute un verre de rouge avant de tacler son voisin de droite.

— La dernière fois que je me suis risquée à l'eye-liner, on aurait dit qu'une seiche avait vidé son sac d'encre sur ma joue. Croyez-moi, le miracle vient de Ruslana pas des cochonneries qu'on tartine sur son visage.

— Mila ?

— Je suis sa première fan, madame Korshunov. Votre fille, c'est une tueuse. Je savais depuis le début qu'elle avait un truc, qu'elle serait la meilleure. Maintenant si vous me demandez quelle photo je prends, je vous réponds toutes. J'ai viré Madonna des murs de ma chambre, il n'y en a plus que pour notre Rapunzel slave.

Ruslana fixe les yeux obliques du mouton. *Et toi, tu préfères laquelle ? Celle en maillot Gucci ou celle en costume d'homme et chapeau melon Vivienne Westwood ? Langue au mouton. Je te*

164

comprends. Moi aussi, ça me gave ces questions. J'ai sommeil et on ne t'a pas encore découpé en rondelles. J'ai rien demandé, moi. Pas de fête surtout. Pas dans cet endroit miteux avec ces gens qui hurlent.

Lavon saisit la main de Pia qui saisit le pied de son verre.

— Je lève mon verre à notre soleil, à la fierté du Kazakhstan…

— A la germanophile la plus canon de l'histoire de la germanophilie…

Galina trinque.

— A ma tendre fille adorée qui va porter haut et fort notre beau drapeau turquoise dans le monde entier. Eh oui messieurs, mesdames, nous ne serons plus uniquement réputés pour notre coup de pédale… Admirez Vinokourov, applaudissez Kashechkin, célébrez Fofonov, mais surtout préparez-vous à vénérer Ruslana Korshunov.

La sonnerie d'un portable. Tous les yeux rivés sur la star.

— J'en ai pour une minute.

Ce coup de fil est une aubaine.

Ruslana peut enfin sortir de la pièce.

— Ouais, bonsoir Carrelyn. Ah ça pour être contents, ils sont contents… Le 15 ? Ça craint, je peux pas faire ça à ma mère. J'ai déjà zappé Noël. Sorrenti… Enorme, vous dites. Dans ce cas, à Londres, c'est cool. Je préfère quand vous n'êtes pas trop loin... Une semaine aux Seychelles ! Au moins il fera chaud... Carrelyn ? Vous m'entendez, Carrelyn... Saleté de réseau... Oui je vous entends. A propos, quand est-ce que je serai payée pour la campagne Pantène ? J'ai laissé trois messages à la compta, elle m'a jamais rappelée. J'aurais besoin de virer un peu d'argent à maman. L'appartement tombe en lambeaux, je me demande comment j'ai pu dormir dans un truc aussi pouilleux. C'est votre faute... Encore trois mois et j'ai des domestiques pour me découper mon bifteck. Ça marche, Carrelyn. OK j'embrasse mon frère pour vous.

Ruslana raccroche et planque son Nokia dans sa poche arrière.

— Je te dérange, Rus ?

Mila tire sur sa Long Life.

— Si tu me donnes ta clope, ça devrait pouvoir s'arranger.

— Tu fumes depuis quand ?

— Depuis que la seule à me comprendre est une tête de mouton...

— C'est quoi le problème ?

— Je suis crevée mais je n'ai pas le droit d'être crevée. J'avais vraiment pas envie de tout le tralala ce soir. J'ai eu huit jet lags en trois mois, Mila. Je suis à l'ouest.

— A l'est, s'il te plaît !

Mila sourit dans le vide. Un baiser furtif sur la cascade de cheveux de son amie.

— On t'aime. Mets-toi à la place de ta mère, elle est tellement fière.

— Tous les jours, je me mets à la place de ma mère, Mila. Toutes les secondes. Pendant les castings, quand je montre mon book à des abrutis qui me trouvent trop ceci pas assez cela, quand je dois marcher avec des pompes conçues pour des caniches nains, quand on me tire les cheveux, quand on me brûle les cils, quand on me dit que je suis une reine, quand on me traite comme une sous-merde, quand je croise les femmes de chambre des hôtels dans lesquels je n'arrive pas à dormir, quand j'ai envie de parler kazakh et que je parle toute seule parce que vous êtes injoignables, quand je prends une cuite et que je me dis que papa m'a légué son pire côté... Le fric, Mila. Je ne pense qu'au fric.

— Tu es sur les dents, ma douce. Après deux grosses nuits dans ton lit superposé, tu verras tout en rose.

Ruslana écrase le mégot sous son talon haut.

— Tu vois ces chaussures ? Maman me les a offertes avant mon départ. La première fois que je les ai mises, Carrelyn a piqué un fou rire... Alors, je les ai rangées dans leur boîte et je les ai remises ce matin, au moment de descendre de l'avion.

— Tu es revenue pour te plaindre ?

— Je suis dans un tourbillon, j'ai besoin de vous pour me reposer, j'ai le vertige. Et toi... tu me manques.

— Enfin une parole aimable.

— J'ai perdu mon centre de gravité, Mila.

— Tu vas te retrouver, question de temps. Tu as changé de vie, Ruslana, changé de bouffe, de climat, d'environnement, de langue, de rythme... Tu ne te rends pas compte. Moi je suis décalée après un trajet de vingt bornes pour voir ma grand-mère, sauf qu'on me file pas un kopeck pour y aller !

— C'était la Watts au téléphone. Je dois repartir après-demain. 10 pages pour *Jalouse* avec un putain de photographe. C'est une super bonne nouvelle et j'arrive pas à me réjouir.

— Je me réjouis pour toi. Regarde-moi, Rus. Dans les yeux !

Le cobalt de Ruslana plongé dans le marron foncé de Mila.

— Tu es en train de devenir quelqu'un, poupée. Alors quoi ? Tu vas t'arrêter parce que nos pique-niques sur les strapontins de Medéo sont plus gratifiants que ton visage dans les kiosques à journaux du monde entier ? C'est ça que tu veux retrouver ? La boue, la laideur, la pau-

168

vreté, les clopes chinoises, la mode *has-been* du premier millénaire ?

Le bleu de Ruslana vire au gris.

— J'ai couché avec un mec.

— Qui ?

— Alexey, un serveur ukrainien. De Crimée exactement...

— Où ?

— A Biarritz, dans ma chambre d'hôtel...

— Quand ?

— Fin décembre...

— Et depuis quand tu me fais des cachotteries ? Autant que tu me mettes tout de suite au parfum. Je ne suis plus bonne pour les confidences d'une top model. Je ne peux plus comprendre parce que ça se passe dans des draps en satin.

— J'avais honte.

— Tu crois que je te juge ? Mais atterris, bordel de merde. Tu fais ce que tu veux de ton cul, Ruslana. Le mien me donne assez de boulot comme ça.

— Je me sentais seule, j'avais bu... J'étais pas belle à voir.

— Alors, c'est ça. Tu veux te punir. Tu te dis que tu mérites pas tout ce qui t'arrive. Dis-moi, la diva des podiums, tu vas te flageller encore longtemps ?

169

Ruslana s'accroche au bras de son amie et continue à voix basse.

— Je l'ai rencontré au bar du Palais en plein milieu de la nuit, il était de service et n'avait pas le droit de boire avec une cliente. Alors, je suis remontée dans ma chambre, j'ai commandé au room-service et il a sonné. Un garçon gentil, mignon, pas bête. Il m'a embrassée, déshabillée. J'en ai fait autant. On s'est allongés, il a caressé mes seins, enfin ce qu'il y a à caresser, il a mis son sexe dans ma main. Il a vite vu qu'il n'était pas tombé sur une flèche, alors il m'a gentiment dirigée. Il gémissait, il était dur, il m'a dit qu'il avait des capotes et que seulement si je le désirais, il irait plus loin. Il y est allé, a joui à trois reprises, pour moi, c'était plus compliqué mais pas désagréable... Au bout d'une heure, il est reparti avec son nœud papillon de biais son costume blanc et son sexe encore tendu sous la veste. On a recommencé toutes les nuits jusqu'à mon départ, c'était de moins en moins bien. Quand il arrivait avec son plateau et l'addition, j'avais l'impression qu'il était en extra. Coucher avec moi faisait partie du job.

— Tu délires, Rus. Moi je vais te raconter ce qu'il se dit cet Alexey. D'abord il pleure à chaudes larmes. Il en revient pas d'avoir eu une fille aussi belle dans ses bras. Il s'en remet pas de ton regard ensorcelant, de ton corps de liane, de la douceur de ta peau... Il avait honte d'être un simple serveur, d'arriver dans ta chambre habillé en larbin et de repartir avec les verres vides et les assiettes sales. Il aurait tellement aimé te montrer à ses copains, te prendre en photo avec son appareil jetable, te demander ton mail. Il se morfond dans son palace parce qu'il sait que croiser une fille comme toi, ça ne lui arrivera plus jamais.

Ruslana a un vrai sourire, Mila les lèvres gercées.

Le vent de Mongolie s'est levé. Avec lui, la chute des températures.

Une silhouette rabougrie s'approche des filles. Le spectre de Pia Ludwig et sa colonne de fumée.

— Tu nous évites, Ruslana ?

— Pourquoi vous dites, ça, Madame Ludwig ?

— Ta mère se demande si elle n'aurait pas dû faire un bon gros plov* chez elle, en petit comité, plutôt que de convier la moitié d'Almaty au restaurant.

— Maman a fait pour le mieux, je suis ravie...

— Montre-le-lui un peu plus.

---

* Plat d'Asie centrale à base de viande de mouton et de riz sauté.

171

Ruslana hausse les épaules et regagne l'entrée du restaurant. Sa professeur d'allemand et sa meilleure amie suivent ses traces dans la neige.

— Ça ne vous arrive jamais d'être crevée, Pia ?

— Joue un peu la comédie. Quand tu repartiras, ta mère aura le seul souvenir de ton visage triste et ta mine éteinte, elle se culpabilisera en pensant que c'est de sa faute, qu'elle est incapable de te rendre heureuse, même le temps d'un dîner.

— L'hôpital se fout de la charité. Vous n'avez pas souri de la soirée.

— Lavon me stresse…

— Lavon ne ferait pas de mal à une mouche.

— Justement. Il me plaît et je me connais. La première fois que quelqu'un m'a plu, j'ai failli mourir, la dernière fois, j'ai frôlé l'internement. Depuis, j'ai opté pour la camisole de Michelob.

— Lavon n'a personne.

— Je suis moins bien que personne, Ruslana.

— On n'en sait rien, ça pourrait marcher…

— Laisse tomber, trésor, de toutes les manières, je suis pieds et poings liés à des chats exclusifs et aimants qui ne supporteraient aucune infidélité… Assez parlé, mesdemoiselles, on rentre. Une tête de mouton n'attend pas.

16 mars 2004

Eurostar Londres-Paris

— Message original —
De : Galina Korshunov
A : Ruslana Korshunov
Envoyé : Lundi 15 Mars 2004, 11 h 59 PM
Objet : Ta maman qui t'aime

Ruslana, ma fille adorée, tu es déjà partie...
Ton séjour a été trop bref et moi très maladroite.
Pardon chérie.
Je voulais bêtement t'en mettre plein la vue. Je
voulais t'épater avec ce dîner de gala chez Tyriski.
Je voulais que tu nous trouves beaux, élégants,
intéressants, drôles. Je voulais que ton frère ne
mette pas les coudes sur la table, que l'appartement
te paraisse joli et bien décoré avec tout ce que tu
nous as offert. Je voulais égoïstement que tu repar-
tes avec un pincement au cœur, que tu te dises que
malgré tout, ta nouvelle vie devant les projecteurs
n'avait rien à envier à notre modeste existence
kazakhe. Sauf que c'est moi qui ai le cœur pincé.
Mon bébé, je t'ai trouvée encore plus belle. Gran-
die, élégante, sûre de toi. Je suis éblouie par ce que

173

*tu deviens loin de nous mais je ne suis pas surprise.
Ton père me disait toujours que tu aurais un destin
particulier. Pauvre Viktor, il avait raison de t'aimer
plus que tout.*

*Ma grande, je ne veux pas que tu travailles trop
dur. Il faut aussi que tu penses à toi. Ne te tracasse
pas pour l'argent. On a fait sans depuis toujours.
Si tu en gagnes, un peu, beaucoup, passionnément,
à la folie, je serai contente pour toi, si c'est pas du
tout, je serai encore plus fière. Ménage-toi, ta santé
est plus importante que tout. Mange régulièrement,
je t'ai trouvée pâle. Fais-toi de vrais amis. Prends
aussi du bon temps. A 17 ans, on doit s'amuser. Je
crois que tu peux compter sur cette mademoiselle
Watts. Elle a l'air fiable. Je la connais pas, je la
verrai sans doute jamais, mais les rares fois où je
lui ai parlé, ses paroles étaient sensées. C'est une
alliée, ma chérie.*

*Je n'ai pas pu ou osé te parler de Radomir. J'avais
peur de salir le souvenir de ton père, de te blesser,
que tu me juges. Il est venu à Noël, une dizaine de
jours, il habitait chez Lavon. On s'est vus. Lui,
moi, Lavon, Rouben, les parents de Mila… Lui et
moi tout seuls. C'est un monsieur gentil. Il y a
vingt ans, il était marié, sa femme est partie avec
son entraîneur. Il a arrêté le sport et l'amour en
même temps. Il s'est concentré sur ses affaires sans
jamais parvenir à oublier ni l'un ni l'autre.*

Il n'attend rien de moi.

Le monde à ses pieds

Il connaît notre vie.

On s'écrit de temps en temps.

Il me fait rire. Alors je ris. Il me dit que je suis une très belle femme. Alors je me pomponne. Il m'invite à venir passer quelques jours à Moscou. Alors j'hésite…

Ecris-moi quand tu as un moment. Envoie-nous tes photos. Tu me manques.

Souris ma princesse.

Ta maman t'aime et veille sur toi.

30 novembre 2004

Le train s'enfonce dans le tunnel.

La voiture 6 est pleine de voyageurs, de toux et de microbes.

Ruslana s'est allongée en chien de fusil dans les fauteuils 22 et 23. Elle a recouvert sa tête du manteau Martine Sitbon de Carrelyn partie au wagon-restaurant, « s'empiffrer raisonnablement ».

Elle tremble sous la laine épaisse. Elle a beau remuer ses orteils, se recroqueviller, cacher ses doigts sous ses bras, souffler de l'air chaud, chanter Michael Bolton, son sang est figé.

Tant pis, elle aura les yeux cernés et la mine déconfite. C'est ce qui plaît en ce moment. Les filles les plus en vogue ressemblent à des zombies sous assistance respiratoire, elles titubent sur des stilettos, frôlent la fracture de hanche à chaque pas, blushent leurs joues déjà creusées et fument pour oublier de manger.

Elle se lève, hagarde.

Devant elle, une rangée de crânes dégarnis penchés sur leurs cafés et leurs colonnes de chiffres.

Son pas est maladroit, elle se tient au dossier, touche une épaule, s'excuse, avance, imagine la masse d'eau au-dessus d'elle, ralentit, contrôle les vitres plongées dans le noir des grands fonds, franchit la porte coulissante et retrouve Carrelyn déchiquetant un croissant au beurre.

— Il faudrait que je vive dans un train. La bouffe est tellement exécrable qu'au bout d'un mois, je refais le 38 fillette de mes douze ans. Tu veux quoi ? Mauvais café, thé immonde, viennoiserie de l'année dernière, jus de fruit sans fruit ?

— Un verre de lait, vous croyez…

— Il est en cours de fermentation pour devenir le cheddar qu'ils mettent dans les sandwiches. Oublie. Tu as une semaine de dingue et pas le temps d'aller au Centre antipoison.

Carrelyn termine le Earl Grey dans sa tasse en plastique.

— Ça tombe bien que tu sois là, beauté. Il faut qu'on parle.

— Il y a un problème ?

— Tu ne me connais pas bien, Ruslana. Je ne parle pas quand il y a un problème, je parle toujours avant. En fait, il s'agit de ton nom. Je trouve qu'il sonne moyen. Ruslana, j'adore, mais Ruslana Korshunov, c'est un peu rugueux. Ça fait championne d'échecs plus qu'icône de beauté. Ruslana Korshunova, qu'est-ce que tu en penses ?

— iFashion avait eu la même idée que vous.

— Oui, je sais...

— Comment ça vous savez ?

— Je le sais, parce que j'ai parlé à Darya. D'ailleurs, elle m'a demandé de tes nouvelles.

— Vous parlez avec iFashion ?

— Bien sûr que je parle avec iFashion ! Et même plusieurs fois par semaine...

— Vous disiez que c'étaient des ringards complètement nuls...

— C'est du business, Ruslana.

— Je ne comprends pas pourquoi ils sont nazes en octobre et aujourd'hui...

— Aujourd'hui, rien du tout. Je bosse pour des clients du monde entier, avec des filles du monde entier que je trouve dans des agences du monde entier. Il m'est arrivé d'en récupérer quelques-unes à Darya et Smolka, il m'est arrivé aussi de leur refiler des filles qui ne faisaient rien de bon en Occident, c'est la loi de l'offre et de la demande. Les filles suivent le mouvement. Toi, on t'a repérée au même moment. Eux par courrier, moi dans un Airbus entre deux turbulences. Le temps que je te mette la main dessus, tu avais déjà signé des papiers. Je peux te garantir qu'à ce moment-là, j'ai beaucoup discuté avec Darya.

— Qu'est-ce que vous insinuez ?

— Je te voulais absolument, eux aussi. J'avais des moyens de pression, pas eux. S'ils refusaient ma proposition, Karolina Kurkova leur claquait dans les pattes. Donnant donnant. Ils croyaient en toi mais ils prenaient le risque de perdre leurs contrats avec la Kurkova. Elle représente 50 % du chiffre d'affaires de l'agence. Ils ont accepté sans difficulté et j'ai royalement consenti à ce qu'ils te représentent sur le territoire russe.

— De toute façon, j'avais dix jours pour résilier mon contrat, c'est mon avocat qui l'a dit.

— Pas avec les contrats de iFashion, Ruslana ! Ton avocat a lu en diagonale. Tu aurais pu, à condition de renoncer à ton métier pendant cinq ans. Le marché est tellement concurrentiel que tout est verrouillé. Le plus important, c'est que tu as fait le bon choix. A Moscou, tu aurais perdu ton temps. Il ne se passe rien là-bas. En revanche, si Darya te dégote un booking direct à un tarif indécent, je revois ma copie. Pense à l'argent, Ruslana. Tu es une sportive de haut niveau. Tant que tu n'as pas gagné un tournoi du grand chelem, tu ne comptes pas, dès que ton nom apparaît sur la coupe, c'est toi qui fixes les règles. Aucune fille n'est devenue une star en restant à Athènes, Madrid ou Moscou. Korshunova, ça me plaît.

C'est chantant, poétique, exotique, féminin...
On va imprimer cinq cents composites en
express avec les photos du *Grazzia*.

Carrelyn jette un œil énamouré sur les barres
chocolatées.

Ruslana s'accroche à sa main.

— Vous croyez que ça va marcher ?

— Mais ça marche, chérie ! Je crois que tu ne
réalises pas. Question édito, on a eu presque
tout. Tu as shooté avec les plus grands, tous
me disent que tu es charmante, que c'est un
régal de travailler avec toi, un mannequin de
l'Est qui sourit entre les prises, ils hallucinent !
Encore mieux, tu as fait des progrès insensés,
tes expressions troublent les photographes et je
peux te dire que les filles qui y parviennent sont
rares... Linda Evangelista avait ça... Nadja
Auermann avait ça... Une par décennie ! Tu
vas franchir encore un cap. Tu es mûre pour
pousser de nouvelles portes. Je vais te raconter
comment je vois les choses pour toi. Premier
objectif, le *Vogue* italien. On se met tous les
couturiers dans la poche. Tu enchaînes New
York, Londres, Paris, Milan, tu finis sur les
rotules et sur un tas d'or... Je lance la phase II.
Tu accordes quelques interviews à des magazines ou à des chaînes de télévision, j'ai mon
réseau. Tu veux durer, tu veux vraiment construire une carrière, tu veux compter en mil-

lions… une année de tapis rouge, d'avant-premières, de galas, de romances plus ou moins réelles avec des stars, Ruslana Korshunova devient un people. Phase III, tu disparais. Tout le monde devient dingue. Un buzz universel. Tu retournes chez ta mère pendant quelques mois, tu retires ton appareil, tu coupes tes cheveux très court…

Carrelyn doit prendre des forces. Les longues tirades lui provoquent des chutes de tension.

— Donnez-moi un Mars, un Bounty, un Twix, un Kinder Bueno, un KitKat, un Balisto et un Toblerone. Phase IV, j'orchestre ton come-back…

13 février 2005

— J'aime ça. Oh oui, tu me plais… Magnifique ! Du doute dans le regard, Ruslana. Encore plus, cherche en toi, fouille. Imagine que tu es perdue, tu cherches ton chemin, ça n'avance pas, tu tombes dans un cul-de-sac… Parfait, j'aime ça… Maintenant retire le manteau et mets-le devant ta poitrine. Somptueux… Regarde plus bas. Tu ne sais pas si tu dois céder. Attention tes yeux, Ruslana. Pas de l'effroi, chérie, de l'incertitude. Je veux qu'on lise tes tourments… Splendide, relève ton menton… J'aime ça !

Ruslana est nue devant une dizaine d'inconnus.

Un silence de plomb sur le plateau.

Gustavo Garibaldi crée.

— Merde Fabio, je veux moins de matière sur les lèvres.

Le maquilleur, visage rond, une salopette rayée orange et noir, est déjà en train de tamponner le gloss de Ruslana. Il ressemble à Nemo échappé de son bocal.

— *Bella bella bella* !

Clin d'œil malgré un récent lifting des paupières.

L'assistant du plateau, électrifié à la haute tension, claque dans ses mains.

— Allez, allez ! Gustavo va shooter... En place, plus un bruit sur le plateau... Ruslana, on y retourne, c'est la dernière avant la pause déjeuner, attention de ne pas marcher sur le manteau.

Ruslana brandit le renard argenté devant ses seins.

Seule en scène. Devant un lit à baldaquin mauve et des draps en soie grenat.

Elle imagine Galina rentrant dans la pièce. *C'est un drôle de métier, mon ange. Oui maman, je sais, mais tant que je fais un drôle de métier avec GG, le plus grand photographe du moment, je ne risque rien. Ça fait un an que j'attends ça. D'être nue ? Non, de bosser pour le* Vogue Italie. *Mais tu ne parles même pas italien, trésor, tu m'aurais dit allemand j'aurais compris. Écoute-moi, maman, j'ai changé de catégorie, plus rien ne sera jamais comme avant. La Watts me l'a toujours dit, il y a les filles avec du* Vogue Italie *dans leur book et les autres. Et puis je ne suis pas complètement nue, j'ai des mules Roger Vivier.*

— Tu n'y es pas du tout, Ruslana. Pense à l'homme de ta vie. Il devait être là, il t'a plantée. Tu es inquiète et furieuse.... OUI, voilà. J'aime ça... Continue, avance un peu... Moins, recule, bouge très lentement, tourne vers le lit... On y est presque. Parfait, remue tes cheveux... non, plutôt en arrière. OK, mieux, beaucoup mieux... Ton regard, Ruslana. Imagine que l'homme de ta vie t'a rendu visite, vous avez fait l'amour, puis vous vous êtes disputés... De la passion et de la fureur. Encore, cherche en toi, il t'a parlé d'une autre femme, il te quitte, tu es seule... De la tristesse et de la rage... Plus bas le manteau, attention de ne pas marcher dessus... découvre légèrement ton sein, non pas celui-là... voilà, tu es irrésistible. Amoureuse et malheureuse. Ferme la bouche, j'ai un projecteur qui se reflète dans ton appareil. Voilà... On la tient, une dernière, oh oui, on y est, oui, oui, oui !

Ruslana s'écroule sur le lit.

Gustavo Garibaldi n'a pas atteint l'orgasme.

— Je ne veux pas de ce lit. Il est trop lourd, il prend toute la place. Ça va pas...

On recouvre Ruslana d'un grand châle noir.

On lui donne à boire.

Le monde à ses pieds

On repoudre son nez.

On peigne ses cheveux.

On ne lui parle pas.

— Je veux un petit lit minable dans un motel de seconde zone. De la couverture râpeuse pas du satin glissant. Le baldaquin casse l'ambiance.

— Tu auras ça après le déj, Gustavo, pas de problème.

— Tu n'as pas compris, Fabio, je le veux tout de suite. Et grouillez-vous, la fille commence à être chaude.

On pousse « la fille qui commence à être chaude » dans un coin.

On lui donne un sucre à sucer, bon chien.

— Je peux aller au petit coin ?

— OK mais fais vite, Gustavo aime bien avoir tout le monde sous la main.

Je peux pisser dans une bouteille si ça doit te rassurer.

Ruslana s'enferme à double tour dans les toilettes Dames et s'assoit sur le couvercle, son ordinateur sur les genoux.

Encore une journée de rêve...
Tout le monde s'occupe de moi.
Trop de monde.

185

J'étouffe.
Mais je ne bronche pas. A la clé, il y a une cover,
de nouvelles campagnes, des défilés, du fric...

De l'autre côté de la porte. La voix de l'assistante de la coiffeuse dans un état de stress avancé.

— Ruslana, vite chérie, Gustavo est prêt.

J'ai besoin de vous. J'ai besoin de vous lire. Je
veux savoir ce que vous faites. Je veux entendre
vos reproches.
Merci Godzilla999 pour ta franchise. Tu as raison, parfois je délire. J'oublie un peu vite d'où je
viens et la chance que j'ai.
Marsupilami, j'ai confiance en toi. Tu vas faire de
grandes choses, tu vas réussir. Je te sens proche du
but, je croise les doigts.

— Ruslana darling, il faut vraiment passer la seconde.

— C'est bon j'arrive.

Je te souhaite bien du bonheur Yolanda45. J'espère
que ce Vlad sera à la hauteur. Ce que tu racontes
donne envie. En même temps, ça fout la trouille.
Tu as l'air envoûté. Il te demanderait de tuer, tu le
ferais. Il te demanderait de te tuer, tu le ferais
aussi. Si je suis un jour raide dingue de quelqu'un,

qu'est-ce qu'il exigera de moi ? A la limite, je préférerais me tuer que tuer...
Entre deux coïts ou deux nettoyages à sec, écris-moi.

Posté par : *Ruslana-87*
le 13/02/2004 à 12 h 19

— Ça suffit maintenant, Gustavo est vraiment furax.

— A cause de moi ou parce qu'il regrette le baldaquin ?

— Parce qu'il est le meilleur et que ça l'épuise. Tu connaîtras ça, toi aussi. Rester au top, c'est un sacerdoce.

— Rester dans la mouise aussi...

— Il suffit qu'un jour le téléphone sonne une fois de moins que la veille ou qu'on te dise que tu es la meilleure avec moins de conviction pour que tu te mettes à douter... Bon, qu'est-ce que tu fous, Ruslana ?.... Gustavo est maniaco-dépressif. Tous les gens qui sont au sommet le deviennent. C'est pour ça que je préfère passer les épingles que les planter... Allez, beauté fatale, dis-moi tout, tu t'en mets dans le pif ou tu as le transit perturbé ?.... Tu remarqueras que personne ne m'a félicitée parce que ta coiffure est réussie. Mais personne ne m'aurait engueulée si elle avait été ratée. Je suis seconde et j'ai décidé de m'en contenter. Je tiens à rester en bonne santé. Si tu ne sors pas dans dix secondes, je défonce la porte... On se casse rarement la gueule en montant, en revanche, quand on descend, les gadins sont carrément mortels.

Ruslana tire la chasse.

Un sourire plus coupant qu'un cutter à l'apprentie qui a servi de cobaye avec ses dreadlocks peroxydées.

— Depuis toute petite, j'ai le vertige. Tu crois que c'est plus un problème à la montée ou à la descente ?

Un ciel bleu pétrole à perte de vue.

Des forêts de sapins blanchies par les dernières chutes de neige.

Des taches de couleurs dévalant sur les immen-
ses pistes.

La terre vue de la nacelle comble l'ensemble
de l'équipe.

Tous ont sorti leurs appareils numériques et
ont déjà forwardé la carte postale de rêve à la
moitié de leur répertoire.

Ruslana est accroupie dans un coin, elle
souffre le martyre. Elle ne veut pas voir « le
glacier des Diablerets trop beau », « le chalet
trop joli », « le snowborder trop rapide ». Le
léger balancier lui donne mal au cœur. Elle est
donc la seule à sentir le sol en acier craquer,
les armatures grincer, la catastrophe immi-
nente alors que ces connards sont hilares.

Fermer les yeux est encore pire. Bouger est
un supplice.

Elle mourra maquillée, coiffée, frigorifiée sans

avoir eu le temps de shooter la couverture de *D Magazine.*

La rédactrice et ses gros yeux globuleux se mettent à sa hauteur.

— Ça ne va pas ?

Ruslana, plus blanche que la poudreuse.

Observatrice, Grace ! Tu veux que je te gerbe dessus en guise de confirmation ?

— Ruslana est malade.

Ali, le coiffeur-maquilleur relève la capuche de sa doudoune fourrée et remonte son col roulé à hauteur de bouche.

— Elle a besoin d'air.

— On ne peut pas en avoir plus, docteur Ali !

— Je vous préviens tout de suite, si elle vomit, je vomis.

— Moi aussi.

Clifford, le photographe, genre navigateur solitaire pas lavé depuis un mois, gratte sa barbe clairsemée.

— Bob, sors-moi l'appareil.

Regard ahuri de l'assistant vaguement nauséeux.

— Bob, irrigue ton cerveau et donne-moi mon appareil. Je vais shooter ici.

Moue sceptique de Grace.

— Idée dantesque, Clifford ! Tu es un génie. Robe Moschino. Vite, Pénélope, dépêche-toi, elle devrait déjà être habillée.

Grace ne bouge pas une semelle de ses Uggs rose bonbon.

L'assistante se précipite vers la housse Automne-Hiver 2006. Sticker *Shopping Gstaad,* elle déchire le papier de soie.

Ali, le coiffeur-maquilleur, toujours planqué dans son mohair, plisse les yeux.

— Pour moi, elle est prête. Le fond de teint Sisley ne bronche pas.

— Bob, file-moi du 100 ASA. La lumière crache comme jamais !

Ruslana n'a pas la force de se relever. Elle n'avait pas faim ce matin devant le buffet. Elle a chipoté sur ses œufs brouillés, effleuré ses pancakes, humé son cappuccino. Elle a juste pris le temps de fumer dans sa suite Maria Callas pour ne pas se rendormir après une nuit à moitié consacrée à son blog.

Pénélope s'approche de Ruslana avec un cintre en velours noir estampillé Moschino Couture.

Regard inquiet en direction de sa chef.

— Elle tremble.

— Justement, elle va se réchauffer. Clifford, chéri, tu préfères le modèle décolleté devant ou décolleté derrière.

— Je veux de l'à-pic, de la falaise, un précipice...

191

— Bien sûr ! Géant ! Plus de question à la con !

Clifford clique frénétiquement sur sa cellule.

— Je vais avoir besoin d'un réflecteur. Il faut qu'elle se mette là. En arrière-plan, j'ai la vallée, et si je peux cadrer un peu plus haut, je chope le sommet de gauche.

Ali lève le ton.

— Si vous pouvez passer la robe par le bas, ça m'arrange. Que je ne refasse pas tout le boulot.

Grace grimace en enfilant la gaine taille 34.

— Mais pourquoi ça serre, c'est pas possible. Ça bloque au niveau des hanches, fait chier ! Tire plus fort.

— Ça va péter.

— La tuile. Elle n'a quand même pas grossi depuis hier !

— Attends deux secondes… Navrée, Grace, j'avais oublié d'ouvrir la fermeture Eclair.

— La trouille de ma vie !

Elle doit être belle ta vie, Grace. Flipper à cause d'une robe. Mais tu vois que je rentre dedans. Et même facile. Ça t'en bouche un coin, toi qui pourrais même pas l'enfiler comme mitaine !

— Pénélope, apporte-moi une épingle à nourrice, il faut serrer à la taille, ça bâille, c'est vilain, on dirait une grossesse gémellaire… Voilà, impec, tu la trouves comment, Ali ?

— Un peu trop russe à mon goût.

Et si la Russe avait des démangeaisons, Ali. Je commencerais par frotter mes yeux, puis j'étalerais mon rouge à lèvres sur mes joues, puis je tenterais le coup de boule sur ta tronche de demeuré content de lui... Ce serait drôle, non ? L'autre gogo qui voulait une ambiance varappe... il serait servi.

Ruslana se laisse faire comme une poupée de chiffon. Elle ne sait plus si c'est la peur, le froid, la fatigue ou la colère qui domine.

Pénélope retire les rares poussières sur la popeline et risque une confidence.

— Moi, je te trouve sublime, Ruslana. Ça fait deux ans que j'assiste Grace et tu es la plus belle mannequin que j'ai eu la chance d'habiller.

Ruslana incline son cou en guise de sourire.

Grace, plus concentrée qu'avant un saut à l'élastique.

— Clifford, escarpins noirs basiques ou violets plus rock ?

— Je croyais que tu avais décidé d'arrêter avec les questions à la con.

Grace explose d'un rire jaune et entraîne la nacelle dans un va-et-vient périlleux.

Ali sort de son col.

— Doucement, Grace, pense aux avalanches.

Ruslana s'agrippe à la jambe de Bob.

Je veux descendre, tout arrêter, je vous en supplie, laissez-moi...

193

Ruslana aura tenu quatorze mois. Elle aura gagné un peu d'argent, beaucoup pour n'importe quel Kazakh. Elle aura vu des hivers et eu des chairs de poule ailleurs que dans son pays. Elle aura fait l'amour six fois avec un serveur stagiaire, elle aura traversé sept fois l'Atlantique, une fois l'océan Indien, trois fois la mer Méditerranée, elle aura pris cinq fois l'Eurostar, une douzaine de somnifères, une centaine de fois des comprimés d'Acérola, elle aura bu trop de bières, elle aura shooté un jour sur trois, elle aura changé dix-sept fois de composites, elle aura passé des nuits blanches sur son blog à raconter un conte de fées, à répondre aux trente-sept commentaires et à écrire vingt et un poèmes, elle aura eu la Watts des milliers de fois au bout du fil, elle aura acheté un canapé convertible, des couettes hypoallergéniques, une table basse avec des rangements, un four à micro-ondes, un lave-linge séchant, un téléviseur LCD de 83 centimètres, un lecteur DVD pour l'appartement d'Almaty, un flacon *Angel* de Mugler et une pelisse pour sa mère, l'eau de toilette *Beckham Perfection*, des survêtements Nike et une console de jeux FIFA 2006 pour Rouben, un Perfecto noir et des Doc-Martens pour Mila, une maquette de Berlin pour l'Alliance Allemande d'Almaty, un traitement californien miracle pour l'asthme de Lavon, deux ordinateurs, trois téléphones portables…

La mine satisfaite de Clifford est allongée devant des talons de onze centimètres accrochés à des jambes interminables. Ruslana regarde autour d'elle, la nacelle est à l'arrêt.

— Parfait, princesse, on l'a dans la boîte. Enorme, ce que tu viens de donner, Ruslana. Sans vouloir me vanter, cette couverture va t'envoyer au Septième Ciel !

23 septembre 2005

Aéroport de Malpensa
Milan

LA PROCHAINE GRANDE STAR

Retenez bien son nom : **Ruslana Korshunova.**
Retenez bien son visage : Un Botticelli post-moderne, un ange aux yeux profonds et déroutants pour la première fois sur la couverture de notre numéro d'octobre.

Souvenez-vous de son sourire espiègle et ravageur dans notre Spécial Beauté du mois de mars. Des bagues sur les dents et un Rouge de Fête Dior sur les lèvres. Un choc esthétique, une fraîcheur qui vous a séduits et éblouis à en croire vos nombreux courriers et mails.

Marc Jacobs, John Galliano, Vera Wang, Kenzo, Paul Smith, Isabel Marant, Betty Jackson, Cacharel et Zucca ont aussi succombé à sa chevelure or, son élégance slave, sa pâleur asiatique.

Les monstres sacrés Patrick Demarchelier et Paolo Roversi ne jurent plus que par elle.

Dans les backstages du monde entier, son nom est sur toutes les bouches. **Ruslana**, envoûtante, racée, féerique, s'annonce comme la future Natalia Vodianova.

Repérée dans un magazine distribué dans les avions par Carrelyn Watts, la plus célèbre agent de mannequins de la planète, représentée depuis par Glitter à Londres, **Ruslana** a un agenda présidentiel. Elle shootera les campagnes Bluegirl, Clarins, Old England et Girbaud dans les prochains mois. Une existence de rêve et de folie pour une jeune fille modèle d'à peine 18 ans, venant d'une petite bourgade du Kazakhstan, Almaty.

Dans quelques années, Almaty ne sera plus la ville des pommes, mais la **Ville de Ruslana**.

LA RÉDACTION

Nerveuse, Ruslana referme le *Vogue* anglais.

Deux années résumées en une demi-page. Des centaines de gamines fantasmeront sur ces lignes, elles voudront lui ressembler, elles envieront son bonheur et sa chance inestimable. Des centaines de bébés vont porter son nom.

Pas de course dans le terminal A. Valise tirée par la main droite, sac Premier Flirt en faux croco beige déformant son épaule gauche. Ipod nano accroché autour du cou. Cigarette éteinte au bord des lèvres ourlées. Cheveux aussi longs qu'un voile de mariée. Des jambes fines dans un legging noir taille 12 ans. Une redingote zébrée, un tee-shirt *Mickey in LA*, des boots écossaises... Un n'importe quoi réussi à condition d'être très belle.

Un quinqua croise son regard électrique. Duffle-coat, implants, attaché-case. Sourire fuyant, il a passé l'âge de jouer les aventuriers. Un jeune gominé recouvert du logo Versace roule les mécaniques et finit par caler. Il ne tente rien, draguer un mannequin serait trop ambitieux. Pendant ce temps, les femmes admirent sa silhouette. Alors c'est comme ça, un mannequin en vrai, c'est exceptionnel, maigre, immense, dégingandé, différent, envoûtant. Ruslana les fixe sans flancher. Elle aime être observée. Un faisceau de désir, de jalousie, d'envie, de curiosité...

A l'extérieur, un ciel de plomb avant l'orage.

File d'attente pour les taxis, un classique. Une vingtaine de voyageurs en communication, la clope au bec, les vêtements froissés par la classe éco.

Ruslana est déjà venue dix fois à Milan. Dix bookings directs. Elle n'a jamais rien vu de la ville. Elle s'est contentée du trajet de l'aéroport à la Feria et à ses salles surchauffées réservées pendant la Fashion Week. Pour le reste, Milan est gris, sent mauvais et sa zone duty-free est médiocre.

Son portable balance la bande originale de *Terminator.*

Des milliers de pixels affichent le visage boursouflé de Carrelyn.

— No taxi Carrelyn. Milan craint autant que Paris... Pardon ? Quoi ! Vous plaisantez ? Comment ça ils ont changé la fille au dernier moment. Mais j'en ai rien à foutre, j'y suis, j'y reste. Je peux vous dire que j'ai hâte de voir leurs tronches quand je vais débarquer au studio. Non, je le prends pas cool du tout, Carrelyn. Non, je ne me calme pas et je hurle si ça me chante. Et pourquoi je conviens plus ? Ils veulent une grosse brune ridée. Question dédommagements, j'espère qu'ils vont aligner un max. Débrouillez-vous, essorez-les... Bon, qu'est-ce que je fous ? Je vous rapporte une contrefaçon Prada, je me goinfre de risotto... Un shooting à Barcelone ? Cover du *Elle* espagnol. Vous disiez que ce n'était pas la priorité. Vous changez d'avis ou vous voulez me calmer ? Demain matin ! Omar n'a qu'à m'envoyer les détails sur mon mail. 14 heures 15, supernouvelle, trois heures à poireauter dans l'aéroport le plus glauque d'Europe. Heureusement que je viens de lire le *Vogue.* C'est peut-être énorme, en tout cas, ça n'aura servi à rien. La Rapunzel slave, dégagée comme une débutante. Ça m'étonne de vous, Carrelyn, je vous ai connue plus efficace.

199

Ruslana lance son mégot dans une flaque et rejoint les accros du tabac en procession le long de la baie vitrée.

— Salut Rouben, c'est ta sœur chérie. Pas mal, pas mal. Très bien même. Je voulais faire un petit coucou à la famille. Maman est rentrée ? A Moscou ? Encore ? Mais elle y était le mois dernier. Elle est partie quand ? Avant-hier. Enfin, c'est ridicule, je lui ai parlé, elle ne me l'a pas dit. Elle aurait pu me prévenir... Mais oui, ça va. Non, je suis pas énervée, je suis déçue qu'on sache juste me trouver quand on a besoin de fric. OK, frangin, je te laisse, on m'attend. Dis pas à maman que j'ai appelé... Milan. Tu sais, ça n'a rien de génial, en plus il fait un temps pourri. Quoi Milan AC ? Depuis quand c'est ton club préféré ? Comment tu l'écris ? K, a, k, a... Je fais au mieux, je t'embrasse.

Almaty vit sans elle, Milan ne veut plus d'elle, New York se passe d'elle, Barcelone, en dernier recours, fera un effort. On est loin du plébiscite annoncé par Carrelyn. Depuis quelques semaines, le rythme des bookings ralentit. On a beau lui répéter qu'elle est passée dans une catégorie supérieure, que son aura et sa notoriété sont telles qu'on sélectionne les shootings, que ses tarifs ont doublé...

— Mila. Rus. Quoi de neuf ? On se rappelle plus tard, je comprends très bien, t'en fais pas.

200

Oh moi, c'est du délire. Des flashes et des dollars. La vie de pacha. Ciao.

Même Mila n'a plus le temps de lui parler.

La dernière cigarette. Un Zippo tendu avant même qu'elle ne sorte son briquet. Un sourire de Ruslana. Le type prend peur devant le paratonnerre dans la bouche. Il repart vers le corner adulte.

Ruslana met ses lunettes de soleil. Incognito pour la foudre.

— Bonjour Pia, c'est Ruslana. J'espère que vous allez bien. Vous aviez raison pour les Italiens, ils sont torrides mais peu fiables. J'aurais dû vous écouter. J'espère qu'Almaty parle allemand couramment. Au fait, j'ai un job à Düsseldorf la semaine prochaine, je vous rappellerai pour avoir de bonnes adresses, hormis les bars à bière que je connais déjà... Embrassez les Aristochats... Lavon ? Je suis bien au Café Web Abaï ? Pourrais-je parler à Lavon, s'il vous plaît de la part de Ruslana... Ruslana Korshunova. Personnel. Dans une heure. Pas de message, non... Bonjour madame, Ruslana Korshunova au téléphone, j'appelle de Milan et j'aurais souhaité parler au docteur Kaznakov... A propos de mon appareil. Je voudrais convenir d'un rendez-vous avec lui pour retirer mes bagues. Oui, je sais, c'est vous qui vous occupez des rendez-vous mais Iouri préfère que je voie ça directement avec lui... Vous ne pouvez vraiment pas me le passer... Bonjour monsieur, je travaille pour le service du recrutement d'un hôtel à Milan et j'ai rencontré lors de mon dernier séjour au Palais, un jeune serveur de Crimée, un certain Alexey Kriminov, il m'a dit qu'il avait très envie de travailler en Italie... pour perfectionner son italien et je voulais savoir si par hasard... Il a quitté votre établissement ? Ah ! Et vous ne savez pas où il travaille maintenant ? Ce n'est pas grave...

L'aéroport est bondé, les sièges tous pris d'assaut par les vieux et les femmes enceintes. Le vendeur de Panini explose son chiffre d'affaires, la pharmacienne vide son stock d'anxiolytiques, seul le magasin de souvenirs est boycotté...

Ruslana s'approche des posters géants de Nicole Kidman et de Carmen Kaas. Blonde hitchcockienne contre blonde hollywoodienne. Voilà, ce qu'elle veut. Trôner dans les parfumeries de JFK, Roissy, Narita et Heathrow. Etre placardée sur les murs. Eblouir des millions de jet-lagués. Combien s'arrêteront, changeront d'eau de toilette, l'offriront à leur femme, en imaginant que derrière ces effluves, il y a aussi le corps d'une autre.

— Omar, salut c'est Rus. Non, je t'appelle pas pour les détails de mon vol, je voudrais voir un truc avec Carrelyn. C'est urgent, Omar ! Si elle est en ligne, elle n'a qu'à raccrocher. Non, je ne veux pas qu'elle me rappelle, je veux lui parler tout de suite. Tu comprends ce que je dis ou tu veux un mail de confirmation... Carrelyn ? Stewart ! C'est quoi ce bordel, nom d'un chien. Je suis à Milan, je me tape l'orage du siècle, je suis débookée sur un coup de tête et cerise sur le gâteau, mon agent ne me prend plus au téléphone. Qu'est-ce qui se passe ? Watts a dégoté une nouvelle greluche en Papouasie et elle est en train de proposer des maillots de foot à son abruti de frère ?

20 février 2006

New York Public Library
42e et 5e avenues
New York

— Sean, nous sommes en direct des backstages du défilé Donna Karan, l'endroit le plus secret de la Fashion Week, où va être dévoilé en avant-première ce que vous porterez l'hiver prochain. E ! Entertainment a le privilège exclusif de pénétrer dans les coulisses, un endroit convoité mais rigoureusement interdit aux regards indiscrets. Cette saison encore, Donna Karan s'est entourée de très grands noms. La musique a été signée par Justin Timberlake, la chorégraphie du show est assurée par l'Australien Wade Robson, connu pour ses audacieuses collaborations avec Britney Spears. Il y a cinq minutes, nous avons eu la chance de rencontrer Donna Karan qui a répondu avec sa gentillesse et sa disponibilité légendaires à mes questions. Cette saison, elle a voulu une collection moderne et ambitieuse. Elle veut habiller, je cite « une femme libre, affranchie, rebelle et responsable. Du chic désinvolte. Une citadine en tailleur prince-de-galles qui sait traire une vache, une nomade aventurière qui a un portefeuille boursier.» Tout un programme, Sean! La femme Donna Karan est une icône globale, une émotion à l'état brut, un diamant rare et subtil. Les filles les plus en vogue sont bien sûr présentes aujourd'hui. Nul doute que vous donneriez cher pour être à ma place et admirer la pétillante Karolina, la ténébreuse Maria Luisa, la mutine Adriana, la sculpturale Sveltana, la douce Channel, la mystérieuse Liya, et l'irremplaçable Natalia, muse des plus grands, qui même avec un ventre tout rond à plus de huit mois de grossesse ne peut rien refuser à Donna Karan... Je m'approche de Ruslana Korshunova qu'on a vue un peu partout cette semaine... Ruslana, vous êtes en direct sur E! Entertainment, c'est la première fois que vous défilez pour DKNY?

— Oui...

— Combien de défilés avez-vous cette semaine?

— Vingt-deux...

— Comment vous qualifieriez la rencontre avec Donna? Intense, impressionnante, éblouissante?

— Courte...

Embarrassée, la journaliste toussote. Professionnelle, elle enchaîne.

— Vous êtes mannequin depuis presque deux ans mais vous avez vraiment explosé l'année dernière grâce à vos photos avec Gustavo Garibaldi dans le *Vogue* italien. Comment passe-t-on du statut de mannequin inconnu à celui de top model ?

— Grâce à mon agent...

— Je crois que vous venez d'un minuscule pays aux confins de l'Asie...

— Le Kazakhstan.

— Vos beaux yeux motiveront nos téléspectateurs pour replonger dans leurs cours de géographie. Dites-moi, Ruslana, j'imagine que vos parents sont éblouis par votre carrière.

— Ma mère surtout...

— Comment voyez-vous votre avenir ?

— Je n'ai pas le temps d'y réfléchir...

— Ce sera le mot de la fin. Merci Ruslana et bonne chance pour la suite. C'était Frankie Pitt en direct des backstages du défilé Donna Karan à Manhattan. A vous Sean.

La journaliste, une grande brune imbibée d'acide hyaluronique retire son oreillette. Poignée de main molle à Ruslana.

— Première interview, n'est-ce pas ?

— J'ai été si mauvaise que ça ?

— Trop sèche. Le public aime les aspérités, les coups de gueule, les fortes têtes. Tu donnais l'impression de répondre à la maîtresse.

— J'aurais dû vous insulter ?

— Tu aurais dû je ne sais pas quoi, mais tu aurais dû... Un conseil, sweetie, si tu veux devenir quelqu'un dans ce foutu monde, si tu veux intéresser les caméras, si tu veux que ta frimousse compte autant que ta parole, il faut amuser, surprendre, malmener. Exemple : je te dis avec mon ton narquois de New-Yorkaise à la con que tu viens d'un minuscule pays aux confins de l'Asie. Tu me réponds direct : c'est vous qui venez d'un pays d'Indiens aux confins de l'Amérique. Et toc, dans les gencives. On veut des jolies têtes avec du caractère. Tu dois répondre aux questions comme si ta vie en dépendait. Pense à YouTube, Ruslana. L'époque a changé. Si tu veux devenir une vraie star, tu dois créer un putain de buzz.

Du brouhaha au loin. La journaliste se met sur la pointe de ses Sergio Rossi madras et interroge son cameraman, un gros chauve avec un nez épaté et un tee-shirt *EPO*.

— J'y vois rien, Rick, dis-moi ce qui se passe ! 1,68 mètre, je savais que ce ne serait jamais suffisant pour ce métier.

— Vodianova éclate de rire.

— Enorme ! Si elle accouche ici, je te raconte pas le scoop !

Survoltée, la journaliste remet son oreillette et appelle sa régie.

— C'est Frankie vous m'entendez... Si on peut revenir en direct, là tout de suite, Natalia Vodianova a un fou rire, elle va perdre les eaux d'une seconde à l'autre ! Natalia Vodianova ! Si tu connais pas, demande à être muté sur une chaîne animalière. Vodianova, c'est la supernova. La seule véritable star aujourd'hui. Top model 24 ans mariée à une grosse fortune britannique déjà maman d'un petit garçon Lucas Alexander richissime fortune estimée par le magazine Forbes à 8 millions de dollars... Tu percutes pour le direct, ducon ?

Le micro sans fil et le cameraman libertaire se frayent un chemin dans le sillage encombré de la déesse.

Ruslana reste en plan avec ses réponses trop peu télégéniques. Son sourire métallique puis son rire forcé n'y feront rien. Elle se réveille trop tard, la chasseuse de scoops est ailleurs, sous le charme contagieux de la Russe. Ce soir, tous les téléspectateurs de E ! Entertainment sauront placer Nijni Novgorod sur la carte.

Ruslana s'affale contre le mur. String chair, robe de chambre en satin beige pour patienter jusqu'au compte à rebours, les cuissardes compensées de son premier passage pour habituer son pied. Elle est vannée par sa saison. Epuisée par cette course à la notoriété, lasse de se cramponner à ce manège qui tourne trop vite. Sa vie… être montée en épingle par un microcosme qui l'isole du reste du monde. Son entourage… les voix de Carrelyn, Omar, Stewart, les rares mails de sa famille, les commentaires d'anonymes sur son blog, les rencontres éphémères des shootings et des shows. Son chez-soi… Des chambres d'hôtel, des meublés, deux grosses Samsonite…

Une jeune rousse enceinte, mais dont les eaux n'intéressent personne, se penche vers Ruslana.

— C'est moi ton habilleuse. Trish, enchantée.

— Reste pas debout, toute pliée, prends ma chaise, je vais nous chercher un café.

— Tu es cool, Ruslana. Hier matin, j'ai habillé Naomi Campbell chez Helmut Lang. Une vraie furie. Un passage de plus et je m'inscrivais au Ku Klux Klan.

Ruslana longe le mur de portants. Une nouvelle pulvérisation de laque, un coup de blush rose sur sa pommette droite. Natalia Vodianova s'est arrêtée de rire, le show Donna Karan est trop important. L'équipe de E ! Entertainment s'est rabattue sur une coiffeuse bavarde qui explique la tendance pour l'été 2006 dans les moindres détails. Des photographes accrédités mitraillent les gamines adulées et leurs écouteurs oversized en guise de serre-tête, une foule d'happy few affiche des sourires blasés, une coupe à la main, le chihuahua de Leya court partout... pisse contre le buffet... chie plus gros que lui. Une rédactrice revêche a de la chance, pied gauche en plein dans le mille. Sur le trottoir, elle aurait exigé la carte d'identité du chien et mis son avocat sur le coup, mais elle est dans le saint des saints et le clebs n'est pas un vulgaire bâtard incontinent, il appartient à Leya qui vient de shooter avec Steven Meisel la cover du *Vogue* italien. Alors on ne bronche pas, on endure et on sourit même si ça vieillit.

Le portable de Ruslana frémit.

Un sms : « Appelle-moi quand tu as ce message. C'est urgent. Je t'aime. »

— Maman, c'est Ruslana. Je n'ai pas beaucoup de temps. Qu'est-ce qui se passe ?.... C'est pas possible ! Quand est-ce que c'est arrivé ? Non je ne savais pas. On l'enterre quand ?.... Je vais voir comment je peux m'organiser. Oui, promis.

Ruslana regarde son portable, abasourdie. Pia Ludwig est partie, pour de bon. Elle aussi a cédé devant la complexité de la tâche. Tout le monde l'avait abandonnée. Même Ruslana l'avait un peu délaissée. Elle la joignait aux heures où elle était certaine de tomber sur le répondeur. Des messages sans consistance pour parler de la pluie et du beau temps. Des messages banals pour combler la bande enregistreuse et une insomnie passagère. Pia Ludwig méritait beaucoup mieux.

Ruslana s'en veut. Elle revoit Pia Ludwig faire de grands gestes sur l'estrade, son corps tout vrillé, son visage fripé, son œil de biais, sa voix cassée par le tabac et la solitude. Elle entend ses colères qui donnaient envie de rire et son rire de chialer. Elle sent la Michelob, la litière, la peau jamais caressée, la forêt autour de sa maison. Elle imagine ses dernières heures sur le lit d'hôpital, interdiction de picoler et personne pour l'aider à transgresser la règle, et personne pour lui prendre la main et lui dire qu'elle était merveilleuse, et personne pour lui parler dans sa langue maternelle, et personne pour la rassurer en promettant de s'occuper de ses chats. Personne.

Le maquillage de Ruslana n'est plus qu'un vague souvenir.

Autour d'elle, des ombres s'agitent. On la pousse, on la tire par le bras, on l'assoit sur un tabouret, on retire les bigoudis, on essuie son visage.

On lui tend un micro.

— Ruslana Korshunova, vous êtes en direct sur E ! Entertainment. Mettez-nous dans la confidence, c'est quoi le problème ? Un cil dans l'œil, de la laque mal dirigée, une allergie au mascara waterproof ?

— Un cancer du foie...

5 avril 2007

Ruslana a commandé un aller-retour aux herbes et un jus de raisin. Une viande qui n'a pas eu le temps de cuire et un fruit qui n'a pas eu le temps de mûrir. C'est le rythme fou de ses dernières semaines. Repartir avant de se poser, sourire avant de savoir pourquoi, dépenser avant de gagner. En attendant, elle enfume le ciel parisien en tirant sur sa Marlboro rouge.

La nuit est douce. Des batteries de touristes mitraillent la Pyramide du Louvre. Les étoiles sont nombreuses. Les clients grisés par le romantisme de la terrasse. Les couples flirtent sans retenue. Les hommes d'affaires oublient un instant leurs comptes d'exploitation devant la beauté de l'endroit et la microjupe de la serveuse. De vieilles Parisiennes habituées au kir royal et aux sorties en solo sont incrustées dans les banquettes. John Galliano devise avec un staff ministériel. Mark Wahlberg, accompagné par deux gardes du corps, prolonge sa soirée.

Ruslana jette un œil sur l'acteur. Il la dévisage comme le box-office de son meilleur blockbuster. Biceps saillants, tatouage afro, boxer Calvin Klein dépassant d'un jean-gaine, la panoplie d'un prédateur. Ruslana est seule. Pourquoi pas terminer la nuit avec l'un des acteurs les plus bankables de Hollywood ? Mark se lèche les babines. Ruslana agite sa parure de cheveux brushés pour le shooting du *Elle*. Les gros bras surveillent les paparazzi planqués derrière une colonne. Regards fixes entre le félin et sa proie. Elle ne baisse pas les yeux, il sourit, elle ne répond pas, un clin d'œil, elle ne répond pas, il insiste, elle ne veut pas flancher. Une gorgée de muscat et l'image de la star se floute. Redémarrer. Connection Wi-Fi autorisée.

http://ruslana-87. kazakhblog. com

4 commentaires.

J'ai adoré la couverture du Vogue *russe. C'est trop la classe. Continue comme ça miss Rapunzel, tu vas tous les bouffer ! N'oublie jamais que tu nous fais rêver.*

*Posté par : SissiImpératrice
le 31/03/2007 à 10 h 45*

213

Ruslana sent le regard de Mark Wahlberg sur tout son corps.

Vlad m'a trompée avec une cliente de la teinture-rie. Tu crois pas qu'il aurait pu au moins laver ses fringues avant de rentrer ? Ben non ! L'enfoiré laisse traîner des capotes usagées dans ses poches, histoire que sa cocue de femme soit humiliée jusqu'au bout. Je suis retournée chez mes vieux avec le mouflet sur les bras. Le pire c'est qu'il est le portrait craché de son connard de père.
Je me sens nulle.
Heureusement, j'ai une amie qui cartonne. Traite mal les hommes, Ruslana. Venge-moi et surtout fais gaffe à ne pas tomber en cloque.
A part ça, j'aime plutôt ta nouvelle coiffure. Mais pas plus court, après ça va devenir banal. De quoi je me mêle ?
N'empêche, tu es de plus en plus canon.
J'espère que l'Occident va faire faillite à cause de toi et que le Kazakhstan va intégrer le G8.
Ecris-nous plus souvent.
Je languis quand je n'ai pas de nouvelles pendant une semaine.
Baisers d'une future divorcée.

Posté par Yolanda45
le 1/04/2007 à 1 h 06

Mark Wahlberg boit au goulot sans quitter Ruslana des yeux.

Le nettoyage à sec est une saloperie à base de per-chloréthylène. Ça pollue autant qu'une marée noire mais ça fait pas l'ouverture du journal de 20 heu-res.
Lave à la main.
Comme tu es riche, fais laver ton linge par une femme de ménage dévouée.
J'aimerais bien être ta femme de ménage et te sui-vre partout. Voilà ma vocation.

Posté par Yolanda45
le 1/04/2007 à 1 h 13

Mark Wahlberg signe un autographe à une groupie désinhibée. Il accepte la bise et la photo bras dessus bras dessous avec le tatouage Bob Marley au premier plan.

Je serai à New York autour du 15 avril. D'habi-tude les blogs ne sont pas faits pour les rencontres, mais je me suis dit qu'on pouvait la jouer exception qui confirme la règle. On commence à se connaître. Ça fait deux ans que je te lis, deux ans que je t'envoie mes commentaires. Tu es une chic fille et tu m'as toujours soutenu.

215

Le monde à ses pieds

Big Apple m'offre un job dans une station-service qui appartient à l'oncle d'un cousin éloigné. Le système D m'a permis d'obtenir un visa d'un an, une chambre à Staten Island et le numéro de téléphone du propriétaire d'un des meilleurs restos russes de Manhattan. Quand j'aurai le mal du pays, j'irai me taper un bon goloubtsy. Tu es la bienvenue même si tu dois crouler sous des propositions plus affriolantes.

Rassure-toi, je ne te drague pas... sauf si tu insistes.

Je ne suis pas non plus un dangereux serial killer qui recrute ses proies sur la toile.

Tu n'as aucune raison de me croire.

Un mec qui prend comme pseudo Marsupilami est plus un crétin qu'un psychopathe.

Au fait, est-ce que tu aimes le goloubtsy ?

Posté par Marsupilami
le 1/04/2007 à 11 h 45

Ruslana a perdu. Mark Wahlberg a jeté son dévolu sur une brune plus chaleureuse. Tant mieux, elle n'aime pas les muscles gagnés à la sueur des miroirs d'une salle de sport. Trop de volume, trop d'ego, à dégager. Elle commande une Caïpirinha.

Le monde à ses pieds

Chers tous,

Merci pour vos commentaires et vos encouragements.

Yolanda45 compte sur moi pour boycotter les teinturiers.

Marsupilami, je déteste le chou farci. Et je pense que c'est toi qui devrais te méfier de moi.

J'ai un peu des scrupules à me plaindre. Je sais que beaucoup d'entre vous rament pour joindre les deux bouts.

Mais voilà, je ne suis pas slave pour rien et je dois avoir le gène de la mélancolie particulièrement ancré au fond de moi.

Ce soir, je suis dans la plus belle ville du monde, assise sur une terrasse classée au patrimoine mondial de l'Unesco, j'ai shooté avec un photographe qui m'a dit une centaine de fois que j'étais « dingue de beauté », je vais défiler pour Chanel, je pars dans une semaine à Los Angeles pour la campagne Martini, je vais pouvoir acheter un appartement plus grand à ma mère et un studio à mon frère, j'ai eu une touche avec Mark Wahlberg...

Malgré toutes ces bonnes nouvelles, j'ai un spleen monumental.

Une boule dans le ventre me tenaille le jour et me réveille la nuit.

Je transpire d'angoisse, j'ai peur du lendemain.

Je gamberge.

Quand j'ai le bourdon, j'écris des poèmes qui donnent envie de se pendre.

217

Le monde à ses pieds

Quand j'écris des poèmes qui donnent envie de se pendre, je pleure.

Quand je pleure, je bois et les lendemains sont difficiles.

Quand je tangue, je regarde les albums de famille et je me rends compte que mon père ne sera plus jamais photographié.

Quand je flashe sur mon relevé de compte, j'ai l'impression d'être exploitée et je fais passer cette insupportable sensation avec du rhum.

Désolée. Je ne suis pas d'humeur ce soir. D'ailleurs, ça fait des lustres que je ne suis pas d'humeur.

Prochaine fois, promis, je vous raconte une histoire drôle.

Posté par : Ruslana-87
le 5/04/2007 à 23 h 43

Mark Wahlberg et son aréopage quittent les lieux sans un regard.

John Galliano trinque à son propre génie.

Les vieilles Parisiennes regagnent leurs vastes appartements haussmanniens.

Les couples s'embrassent une dernière fois.

Concentrés sur leurs cigares, les businessmen sont dissipés par la serveuse et le moyen d'obtenir son téléphone.

La sonnerie de son PC interrompt son observation. Elle a choisi la musique de *Ghost*. Son film préféré, peut-être parce que c'est le seul qu'elle a vu avec son père.

Watts cherche à la joindre sur Skype.

Ruslana commande un autre cocktail et répond.

— Vous n'avez rien de mieux à faire que d'appeler vos mannequins aux douze coups de minuit ?

Les cernes de Carrelyn et ses narines apparaissent plein cadre et en haute résolution.

— Je vérifie si les gamines sont couchées.

— La gamine était en train de s'assoupir.

— Prends-moi pour une bille, Ruslana, je te vois. Tu es loin d'être en chemise de nuit.

— Je dors toute nue, Carrelyn. Comprenez que je m'habille avant de répondre.

L'agent se cure le nez.

— J'ai essayé de t'avoir au téléphone toute la journée. Tu boudes ?

— Pas la force. J'ai commencé ma séance à 8 et demi, on a terminé autour de 21 heures... le tout dans une ambiance de merde à cause de la rédactrice, une hystérique qui prend trop ou pas assez de drogue. J'essaie de me détendre.

— Ton défilé Chanel est annulé...

— C'est pour ce genre de supernouvelles que vous me harcelez ?

— Qu'est-ce que tu as, Ruslana, tu as bu ?

— Et la collection croisière, le show à Miami ?

— Tout. Karl a changé sa cabine…

— J'aurais dû lui parler en allemand. Je suis sûre qu'il m'aurait gardée…

— C'est de la mode, chérie… Karl s'en balance que tu aies vingt sur vingt à un QCM.

Ruslana boit cul-sec.

Carrelyn se frotte les yeux.

— Tu as besoin de faire un break, chérie. Tu vis en haut débit depuis deux ans, tu vas finir par craquer.

— J'ai besoin d'argent, Carrelyn. J'ai sacrifié mes études, je suis condamnée à réussir.

— Tu raisonnes mal, Ruslana. Tu as 19 ans et suffisamment de fric pour assurer une belle vie à ta mère. Arrête de te mettre la pression. Un booking de perdu, dix de retrouvés. Crois-moi, ce qu'on a construit ensemble est déjà exceptionnel.

— Je vous connais, ça prend pas aussi bien que vous l'espériez. Au début de l'année, j'ai frôlé la plus haute marche mais depuis je patine.

Carrelyn remet ses verres progressifs.

— C'est pour cette raison que tu te déchires ?

— Ça ne prendra jamais…

— Tu crois que l'alcool et le tabac vont accélérer le processus ? Tu devrais essayer la cocaïne…

Ruslana recrache une énorme bouffée.

— Au lieu de vous occuper de ma santé, occupez-vous de mon travail. Vous n'êtes pas ma mère, mademoiselle Watts.

— Trésor, tu te détruis. Et j'ai d'ailleurs eu quelques échos qui allaient dans ce sens.

— Vous me faites suivre maintenant ?

— Ta gueule est en train de te lâcher, Ruslana. Tu es cadavérique, tu as des valises sous les yeux. Pas la peine de planquer des mouchards pour constater que tu pionces une nuit sur deux.

— Je n'ai pas de leçons à recevoir de vous...

— Tu as plus besoin de moi que moi de toi, Ruslana. Ne te trompe pas d'ennemi. Moi j'ai toujours été réglo. En particulier avec le pognon. Jamais aucune agence ne t'aurait accordé de si grosses avances... Tu es en train de tout saboter.

L'image de Carrelyn se fige. La connexion se détériore.

— Nina Ricci t'a mise en option pour la campagne de leur nouvelle eau de toilette.

— Je dois me réjouir ?

— Vous êtes six sur le coup, il y a deux favorites, dont toi.

— C'est quoi la chute, Carrelyn ? Je vous connais, vous avez votre voix Dark Vador.

— Je ne veux pas que tu le fasses.

— Pourquoi, c'est du bénévolat ?

— Si tu fais Ricci, tu peux mettre une croix définitive sur Dior, Guerlain, Gaultier, Calvin Klein...

— Ils payent combien ?

— Je crois qu'ils peuvent aller jusqu'à 100 000 euros. Là-dessus, tu retires notre commission, les impôts. Tu te retrouves avec moins de 60 000 euros pour une campagne monde avec PLV, presse, spot télé et ta trombine estampillée Nina Ricci pendant un an. Aucun intéressement sur les quantités vendues.

— Même pour 10 000, je fais le job.

— Tu te ruines en came, ma parole.

— Je me ruine en cadeaux. J'essaie d'offrir une vie décente à ma mère. Elle le mérite plus que n'importe qui.

— Tu l'as déjà tellement gâtée, chérie.

— Je veux la préserver de tout, vous comprenez.

— J'envie ta mère mais commence par te préserver toi, sa fille adorée. Ça lui fera une belle jambe d'avoir un plasma dernier cri et un manteau de fourrure, si elle apprend qu'en contrepartie tu as perdu le moral et la santé.

Carrelyn engloutit un Mon Chéri. Tout plaisir physique se résume à croquer des cerises alcoolisées.

— Je deviens boulimique, chérie. Tu me rends chèvre. Je veux que tu prennes des vacances. Au moins deux mois de repos. Au vert !

— Vous ne voulez plus de moi ?

— C'est toi qui ne veux plus, Ruslana. J'ai besoin de ta fraîcheur, de ta spontanéité, de ton enthousiasme. De la Ruslana du début. Pas de celle qui traîne sur les terrasses des cafés et qui appelle la compta dix fois par jour pour savoir si l'argent a bien été viré…

Carrelyn, la bouche pleine.

— Trouve-toi un gentil fiancé, trésor. Un mec calme, sportif, sain, une bonne situation…

— Je veux travailler…

— Je tiens à toi, Ruslana. OK, la mode se lasse vite. Mais avec toi on est très loin d'être arrivé au bout du cycle. On reparlera retraite vers 25 ans. Pas avant, je te le promets.

Ruslana écrase sa cigarette dans le Ketchup, renonce à l'ultime verre et demande l'addition.

Elle a envie de se blottir dans les bras de sa mère, de jouer à la petite fille, de redevenir le bébé qu'elle était, il n'y a pas si longtemps.

18 octobre 2007

Swarovsky Fashion Rock
Londres

Le Tout-Londres se presse sur le marbre de la majestueuse entrée.

Dans les coulisses du Royal Albert Hall, l'effervescence atteint son paroxysme.

Ruslana est assise devant la coiffeuse. Ses cheveux ont raccourci, son teint est celui d'une statue antique. Elle aime les bruits autour d'elle. Les murmures et les cris. Un mélange de secrets, de confidences et d'agitations. Elle adore Londres. Sa rigueur et son élégance. Elle se sent bien dans sa nouvelle agence. FIM est plus grande, plus ambitieuse, plus internationale. Carrelyn Watts ne faisait plus le poids. Elle voulait donner l'illusion que l'irrégularité des bookings était le résultat d'une stratégie mûrement réfléchie. Ses choix paraissaient hasardeux. L'envoyer à Paris pour du *Marie Claire* et renoncer à la campagne Max Mara. Dire oui à Jurgen Teller à onze heures puis non à Jurgen Teller à midi. Refuser la campagne Ricci et accepter celle de Cynthia Rowley. Tarder à confirmer la campagne de cosmétiques Clarins. Carrelyn Watts devenait lente, approximative, démotivée. Ruslana l'a remplacée avec un seul regret : ne pas l'avoir décidé plus tôt.

Depuis, sa carrière s'est accélérée. FIM est dans les bons coups, FIM la sollicite, la valorise, ses tarifs grimpent. Ce soir, par exemple, il n'y a pas une fille de chez Glitter. Watts n'a plus ses entrées. C'était la meilleure pour lancer une inconnue, mais une fois dans les airs, il faut l'y maintenir. Carrelyn n'était plus de taille. Elle n'avait pas le souffle, la résistance, la puissance.

Le maquilleur, un Noir ébène scarifié finit la ligne des sourcils.

— J'ai joué le côté anthracite sur tes paupières. Le charbonneux, ça fait femme fatale, plus moderne, moins policée. Tu te plais, Rus ?

— C'est ma résolution pour les prochains mois, Yumi. Me trouver belle. J'étais plutôt le style ado complexée mais j'ai compris qu'il fallait que j'évolue vers autre chose. Ronger ses ongles en fixant ses bouts d'orteils ne permet pas de mener une carrière sur le long terme. Mes nouvelles dents sont irrésistibles, pas vrai ?

Un serveur. Blond, regard lessivé, veste mal ajustée. Il s'approche de Yumi et décline le contenu de son plateau dans un anglais maladroit.

— Pain épices chutney mangue foie gras, croquant choux vert au saumon, pain noir aux artichauts, gambas et huile de truffe, pain nordique crabe citron confit, chiffonnade de jambon cru et figue, mousseline au roquefort et à la pistache...

— Ruslana s'apprête à défiler dans un panty taille 34, j'ai un by-pass qui m'oblige à ingurgiter des bouillons de poule à chaque repas. Tu n'es pas tombé sur les bons clients.

— Je peux vous apporter quelque chose à boire si vous voulez ?

Le serveur redresse ses épaules sans oser regarder Ruslana.

— Tu es vraiment très belle.

— Merci, c'est gentil.

— Bon, les tourtereaux, désolé, mais cette scène est trop torride pour moi, je vous laisse, j'ai d'autres filles à terminer...

Clin d'œil à Ruslana puis au jeune garçon qui maintient ses dizaines de canapés dans un équilibre précaire.

Yumi part en chantant du Seal.

Les deux sont seuls au monde.

— Tu sais que tu n'as pas le droit de draguer les mannequins.

— Je ne te drague pas. Je me permets juste de te dire que tu es sublime.

— Ruslana Korshunova…

— Anton Kernozenko…

— Tu as le même accent que mon frère quand il essaie d'imiter Eminem.

— 23 ans, ukrainien, à Londres depuis deux ans et j'espère de tout mon cœur à New York avant la fin de l'année, fan de U2 et des chats.

— 20 printemps kazakhs autant dire peu fleuris, en vadrouille depuis trois ans, accro à mon blog et à Demi Moore, parle aussi bien allemand qu'anglais et aime bien les gens qui aiment les chats. Tu es le deuxième ukrainien serveur que je rencontre.

— Ça me met la pression.

Le plateau penche irrémédiablement.

— Tu n'es quand même pas un vrai serveur ?

— Théâtre. Personne m'attend, alors pour patienter, je nourris les beautiful people et j'essaie de me faire un réseau. Tu fais quoi après ?

Anton sourit trop.

Ruslana recourbe ses cils.

— Anton Kernozenko… tu as un nom d'artiste.

— De clown ou de star ?

Un homme avec pantalon treillis et gilet de chasseur s'approche de Ruslana.

— J'ai besoin de toi, miss. On va y aller.

Il regarde son chrono d'un air inquiet et repart en tapant frénétiquement dans ses mains.

— C'est ton mec ?

— Ernesto Caglio. Metteur en scène cubain très homo, meilleur pote de Christina Aguilera, Madonna et Robby Williams, un tôlier.

— Ernesto Caglio, ça c'est vraiment un nom de charlot.

Ruslana se lève et dégaine son plus beau sourire.

— A plus tard.

— Je vais te regarder pendant le show. Il y a un petit escalier dans les cuisines, il donne sur la scène.

— C'est moi qui ai la pression maintenant !

A l'autre bout de la pièce, Ernesto Caglio hurle à grosses gouttes.

— Mesdemoiselles, en place, s'il vous plaît. On va y aller. Et n'oubliez pas, vous êtes super-canon, vous portez de somptueuses tenues... D'ailleurs, elle est où Stella ?

Stella McCartney, combinaison-short en dentelle bleu marine et jaune arrive en sprintant.

Ernesto Caglio s'égosille.

— Pour Stella, hip, hip, hip, hourra !

Les douze mannequins applaudissent la styliste et taguent ses joues de lèvres rouges.

Les maquilleurs repeignent les bouches, les coiffeurs aplatissent les cheveux électriques.

Stella découvre une épaule, baisse un col, ajuste une ceinture.

Le chorégraphe s'éponge le front, remet son casque, prêt pour le décollage.

— Et vous n'oubliez surtout pas. Sourire, sourire, sourire et sourire encore. Vous êtes ici pour vous amuser et faire le show ! Pour une fois qu'on vous demande d'être de bonne humeur, profitez-en. Douze chaises, douze filles, dès que la musique s'arrête, il faut s'asseoir. On retire deux chaises à chaque fois et donc forcément deux filles sont éliminées. J'adore l'idée. Pour moi, hip, hip, hip, hourra !

Les douze mannequins applaudissent le speech d'Ernesto Caglio.

— Vous allez faire un tabac, les filles. Amusez-vous, rigolez, dansez, criez, hurlez, jouez, flirtez… Cinq, quatre, trois, deux, un. C'est parti, mes beautés !

La musique des Shy Child déchire les enceintes. Nate Smith remue sa tignasse bouclée au-dessus de la batterie, Pete Cafarella, plié sur sa keytar et moulé dans un Perfecto râpé piétine la scène avec rage.

Des projecteurs orange balayent le dance-floor. Smokings sur mesure sur les sièges impairs, robes haute couture sur les pairs. La salle est survoltée, ravie par cette soirée de bienfaisance.

Les happy few sont exposés aux premiers rangs. Lily Allen, trop crêpée, tire la langue au cameraman. Kate Moss et Naomi Campbell se trémoussent fesse contre fesse et blush contre blush. Giorgio Armani tire sur ses lèvres et sur ses pectoraux. Whitney Houston ondule en levant les bras vers le ciel. Madonna écoute une maquette dans son iPod shuffle. Alicia Keys dégaine un fou rire télégénique.

La ronde commence.

Les filles exécutent les ordres au rythme des percussions métalliques.

Elles exhibent leurs jambes et leurs dents.

Pete et Nate envoient des paquets de décibels sans sourciller. Travolta jubile, cette ambiance cour de récréation sexy le rend hilare. On tourne.

Silence.

La salle se lève. Olga, en kilt vichy et Salamawit en bustier doré n'ont pas réagi à temps.

Musique.

La ronde.

Les filles se marrent. Whitney Houston détruit son brushing. Gwen Stefani tire la tronche, Elton John caresse son chien et réciproquement.

Ça balance. Pete et Nate n'en font qu'à leur tête.

Silence.

La salle est en ébullition. Jade, en jupe violette et Gretta, en cape écossaise ont été trop lentes. Elles poursuivent leur tour d'honneur dans l'obscurité.

Musique.

La ronde.

Les filles sont dissipées. Dans l'euphorie, Giorgio Armani relâche son pectoral droit. Jeremy Scott envoie un texto à Kate Moss. Madonna tousse. Mario Testino photographie le trompe-l'œil du plafond. Ça tangue. Pete et Nate, en sueur et en roue libre.

Silence.

La salle hurle. Anouk, en fuseau vinyle et Farida, en tunique turquoise sont éliminées.

Musique.

La ronde.

Lily Allen et Travolta tentent un rock décadent. Kate Moss répond à Jeremy Scott. Elton John caresse son mari et réciproquement. Ça glousse. A force de tourner, les filles perdent l'équilibre.

Silence.

La salle est hystérique. Giedre, en maillot panthère et Adriana, saroual argent dégagent.

Musique.

La ronde.

Les filles exultent. Travolta tombe sur le pied de Naomi. Jeremy Scott écrase la patte de Zeus, le toutou d'Elton. La black panthère et le chihuahua montrent les dents. Ça dérape. Pete et Nate frappent un dernier coup.

Silence.

La salle délire. Coco, en dos nu vert fluo et Holly, en salopette moulante rose bonbon font la moue. Direction les coulisses après avoir envoyé des baisers au public en délire.

Deux filles, une seule gagnante.

Pete et Nate envoient une nouvelle décharge.

Kate Moss et Jeremy Scott sniffent l'air poudré du Royal Albert Hall. Zeus se lèche. Giorgio Armani a tout relâché. Madonna masse le lumbago de Travolta en minaudant.

Silence.

Ruslana est assise sagement sur la chaise.

Standing ovation pour la gagnante, sa grâce, sa beauté, sa rapidité.

Pete et Nate l'embrassent à tour de rôle.

Stella McCartney et Ernesto Caglio lui offrent un énorme bouquet de roses.

Elle est comblée, aimée, reconnue, admirée. Londres défaille.

Ruslana se dit qu'elle a de la chance. Elle se lève et s'incline devant le public conquis.

Après-demain, elle s'amusera à New York, dans une semaine, elle s'encanaillera à Rio, dans un mois, elle batifolera à Saint-Barth…

Plus haut, dans un coin du poulailler, Anton lui sourit.

29 décembre 2007

Anton est allongé sur la couette. Il respire fort. Torse imberbe, trèfle à quatre feuilles tatoué sur le biceps, cicatrice sur le tibia en forme de flèche, ongles gris et abîmés.

Ruslana se glisse dans son jean, un sweat-shirt noir, une casquette NYC, des baskets Ilie Nastase. Une caresse sur les lèvres gercées par les baisers. Elle n'a pas envie de partir.

Ce voyage à Moscou tombe mal. Ruslana vit là depuis une semaine. Anton vient la chercher à la sortie des studios, ils commandent des sushis, elle le regarde manger, ils font l'amour, ils s'endorment aimantés, refont l'amour aux aurores, avant qu'Anton ne parte pour faire la plonge au Four Seasons.

Ruslana n'a pas d'alternative, les plus grands mannequins du moment ont été conviés à la soirée de gala organisée par le Swissotel Krasnye Holmy pour la nuit du 31 décembre. Défilé haute couture et haute joaillerie Christian Dior, concert privé de Serebro, les gagnantes de l'Eurovision 2007... Payée 10 000 euros pour trois passages en robe de princesse et parures de diamants déjà retenues par des oligarques russes. Elle en profitera pour voir sa mère. Elles évoqueront leur premier voyage à Moscou, le rendez-vous chez iFashion, la dégustation de vodka hightech au cybercafé de Radomir, leur course-poursuite dans les ruelles sombres d'Almaty... Il y a quatre ans, déjà.

— Tu penses à quoi, mon ange ? Tu as l'air déjà loin.

Anton est assis sur le matelas, hagard, les doigts croisés derrière la nuque.

— J'aurais préféré rester avec toi...

Ruslana lace ses chaussures et vérifie l'heure.

— Je t'appelle quand j'arrive.

— Ne m'appelle pas, Rus. Tu seras décalquée de fatigue, tout le monde va te tomber dessus. On va se dire des banalités, je vais trouver que tu as une drôle de voix, que tu es moins chaleureuse que d'habitude, je vais gamberger tout seul dans mon coin... J'ai tenu vingt-quatre ans sans toi, je peux tenir une semaine de plus.

Ruslana s'approche de sa bouche. Un long baiser enchevêtré. Aucun mot doux, juste le souffle irrégulier d'Anton.

— Les Russes vont te tourner autour...

— Tu t'inquiètes pour moi ou pour toi ?

Anton saisit son portable. Son œil dans le viseur.

— J'aurai au moins un souvenir.

— Tu es vraiment chiant.

— On est ensemble depuis sept jours et tu ne me supportes plus… Allez, mon ange, lève la tête, je vois que la casquette…

Ruslana maintient son regard cloué au lino.

— Je n'ai pas le droit de prendre une photo de ma petite amie, bordel.

— Je n'aime pas…

— Tu fais ça toute la journée, Rus. Tu déconnes ou c'est parce que je ne te paye pas ?

Ruslana se braque. Mal au ventre et le cœur en bouillie.

Anton l'attrape par les épaules. Il bande avec les larmes aux yeux.

— Je m'excuse… Je suis trop con.

— Il faut vraiment que j'y aille. Je vais rater mon avion.

— Tu me pardonnes ?

— C'est quoi ton problème, Anton ? Tu as peur que je te claque dans les doigts ? Tu crois que je suis une pute. Qu'à partir d'un certain tarif, je m'allonge. Alors, c'est ça, je couche avec toi parce que tu me promets monts et merveilles. Mais tu te méfies, des fois que tu tombes sur une nana vénale, tu testes tes proies en leur concoctant un petit programme SDF. Tu as vu ta piaule ? Regarde autour de toi, Kernozenko, tu vis dans la zone et tu as trouvé une top model pour te sucer. Alors, soit elle est maso, soit elle t'aime. Tu as une semaine pour trouver une réponse à la question. Réfléchis bien, il y a peut-être un piège.

10 janvier 2008

60 °C dans le sauna.

Ruslana est allongée sur une serviette éponge rouge Hermès, les cheveux enveloppés dans un drap de lin, les yeux incandescents. Elle n'a plus de passé, de métier, de comptes à rendre. Elle a dit à FIM qu'on l'opérait de l'appendicite, qu'elle serait au repos pendant au moins dix jours.

Elle est à Moscou, dans les bras de Toomas, loin de tout.

La porte du sauna s'entrebâille. Il sourit. Irrésistible. Une coupe dans chaque main.

— Dom Pérignon 87...

— L'année de ma naissance !

Toomas lui fait l'amour. Bouche contre bouche, les corps glissent. Ils étouffent.

Ruslana serre ses jambes autour de la taille de Toomas. Toujours en elle, il la soulève et sort chercher de l'air. Ruslana est étourdie, elle ne sait plus si c'est la nuit, le jour, le matin, le soir, l'hiver, l'été, la faim, la soif...

238

— Tu es libre ?

— Qu'est-ce que tu penses, princesse ?

— Je n'en sais rien… On ne s'est pas beaucoup parlé…

— On a fait mieux que ça depuis trois jours, non ?

Toomas lèche ses seins, son ventre, son nombril, ses cuisses, ses chevilles…

Ruslana résiste.

— Tu es vraiment sûr de toi…

— Je suis sûr que tu es la plus belle fille que j'ai jamais eue.

— C'est la première fois que je couche avec un homme, un vrai, qui a réussi sa vie. Parlemoi de toi…

— Je déteste parler de moi, Rus. J'ai envie de toi… Ferme les yeux.

Toomas ouvre le tiroir de la table de chevet, sort un sachet de poudre et le tend devant le visage de Ruslana.

— Ouvre…

— Le cliché de la mannequin qui a le nez dans la coke.

— Prends, c'est génial.

— Non merci, je m'éclate assez comme ça…

— J'aime bien ton côté petite fille bien élevée.

Toomas prépare deux rails.

— C'est ton dernier mot ?

— Tu fais ça souvent ?

— Quelle réponse te ferait plaisir ? Jamais ou addict ?

Il sniffe. De la poudre sur les lèvres, un baiser.

Ruslana va et vient. Toomas grimace, le regard perforé.

— C'est trop bon, princesse.

Ruslana se crispe, se cambre, se tord. Elle ne veut plus partir, loin de Moscou, de Toomas.

— Juste une fois, alors.

— Tu me rends fou...

Une ligne à tour de rôle. Les corps encastrés. Les yeux derrière un voile.

Ruslana comprend qu'il est trop tard. Sa conscience chancelle. Elle est en train de se trouver ou de se perdre.

25 janvier 2008

Boeing 737 de la compagnie
British Airways
Entre New York et Londres

— *Message original* –
De : *Mila Cherneva*
A : *La Korshunova*
Envoyé : Jeudi 24 Janvier 2008, 2 h 45 PM
Objet : J'arrive !

Ma star,
Je n'ai que des bonnes nouvelles à t'annoncer.
D'abord, j'ai changé ma couleur de cheveux. Le violet, ça faisait fin de race.
Ensuite, j'ai refusé les avances de ton frère. Rouben me tournait autour avec des regards de footballeur sur le banc de touche. Je pensais que ça allait passer... L'autre soir, à l'anniversaire de Ksenia, il m'a sauté dessus. Je lui ai gentiment fait comprendre que j'avais un autre type dans la tête...
Enfin, je viens vivre à New York. Je ne voulais pas t'en parler avant d'en être sûre. Je vais intégrer pour une année l'université de Long Island. Ils ont

trente places réservées aux élèves étrangers. Je n'en reviens pas. En fait, je te dois tout. Une nuit, ma mère a eu une rage de dents effroyable. On a appelé Galina et on est allées chez Kaznakov aux aurores. Première fois de ma vie qu'on allait chez un dentiste. Pendant que ma mère morflait la bouche ouverte, il n'a pas arrêté de parler de toi. Je lui ai dit que je voulais te rejoindre, que moi aussi je rêvais de l'Ouest. Il a écrit une lettre de recommandation au directeur, en se présentant comme un ami intime de Gorbatchev. En regardant sur le site internet de LIU, j'avais appris que Gorbi faisait souvent des conférences sur le campus. Kaznakov a été très cool.

Je ne tiens plus en place. La grande aventure commence dans quinze jours. Je meurs d'impatience que tu me montres ta nouvelle vie, tes amis, pas de nana dans le lot, j'espère… ton agence, tes bookers, le bel Anton. Il me tarde de pique-niquer sur les pelouses de Central Park, de marcher pendant des heures sur Broadway, de sortir dans des boîtes où la musique ne date pas du siècle dernier, de froisser du billet vert. Il me tarde d'avoir ta frimousse contre la mienne, de te parler pendant des heures au téléphone sans flipper à cause de la facture et de traîner dans des coffee shops où je me goinfrerai de muffins, de draguer les New-Yorkais et de coucher enfin avec des types qui jouissent en américain…

Rus chérie, ton succès m'a donné envie de m'en sortir moi aussi. Physiquement, je n'ai pas grandi et je me suis plutôt empâtée, donc il n'y avait que la filière « études » à exploiter.
Je t'avais promis qu'on continuerait notre route ensemble.
Les kazakh sisters vont tout casser.

Love from Mila.
XXXX

P.S. : Espèce de salope. Tu as vu Madonna en chair et en os. J'en reviens pas. Je dors plus depuis ton mail. Elle était comment ? Sublime ou sublime ? Fausse blonde ou fausse brune ? Parfum ? Tu l'as vue à combien de mètres ? Centimètres ? Elle était fringuée comment ? Qui l'accompagnait ? Combien de bodyguards ? Tu aurais quand même pu lui demander un autographe pour ta cops. J'aurais tué pour être là.

Mila a cru en elle, l'a poussée, motivée, soutenue sans relâche. Mila ne la juge jamais, elle comprend ses passages à vide. Elles seront bien toutes les deux à New York, soudées, indestructibles, Ruslana éclairée par les sunlights et rassurée par la présence de sa meilleure amie.

A : mila-cherneva@yahoomail. kz
Cc :
Objet : SOS !

Je ne sais plus où j'en suis Mila.
J'aime Anton. C'est un garçon droit, doux, coura-
geux. Quand il me regarde, je ne doute pas une
seule seconde de ses sentiments. En plus, je sais que
tu partageras mon avis. Sa bonne humeur, ses
goûts musicaux très rock. J'ai de la chance d'être
tombée sur lui.
Mon dernier voyage à Moscou m'a retourné la tête.
Maman et Radomir étaient partis passer quelques
jours à Saint-Péterbourg, j'étais seule in town. J'avais
une suite au 32ᵉ étage dans un des plus beaux hôtels
de la ville. Après le show, je me faisais masser. Après
le massage… Je n'allais pas me coucher. Une limou-
sine était à ma disposition. Alors j'en ai profité. Vous
dites toujours que je suis trop sérieuse. Et vous aviez
raison. J'avais vraiment besoin de me détendre, de
danser et de m'amuser avec mes groupies.
Le dernier soir, j'étais assise dans le lounge VIP du
bar de l'hôtel, je parlais avec une mannequin biélo-
russe, Ana, sublime blonde de 25 ans, mariée
depuis peu à un compte en banque chauve et
bedonnant, Miroslav, un des actionnaires de Gaz-
prom, cent kilos et un bodyguard par kilo. Ana n'a
jamais été une star, elle s'est contentée de shooter

des catalogues en Allemagne et en Scandinavie et de gagner beaucoup d'argent. C'est une tueuse dans les affaires. Aujourd'hui, elle dessine ses collections de maillots de bain et décore les datchas des multimillionnaires. Elle m'a proposé de les accompagner chez un ami pour finir la soirée. La techno à fond la caisse commençait à détruire mon système immunitaire alors j'ai accepté. Un cortège de voitures blindées nous a déposés devant un hôtel particulier près du parc Sokolniki.

La vodka et le béluga coulaient à flots. Les hommes se délectaient de leur Cohiba, les femmes comparaient leurs carats. J'étais au zoo et j'observais des animaux rares.

Un type en costume croisé s'est approché de moi. Un brun avec des yeux un peu bridés. Il m'a offert une coupe, une verrine de homard à la truffe blanche. Toomas Arefyev, 29 ans, un charisme redoutable et une manière de me dévisager comme si son avenir en dépendait. Lui aussi est dans le business de la mode. Il bosse pour un centre qui prépare les filles à devenir des mannequins modèles, des stars. Il s'occupe surtout de celles dont la carrière est un échec. Ça ne désemplit pas.

Vers trois heures du mat, il m'a raccompagnée à l'hôtel, dans ma chambre, puis dans mon lit. Je savais que j'avais tort mais j'ai vécu une nuit inoubliable.

Je devais partir le lendemain, je me suis débrouillée pour rater mon avion et passer une journée de plus dans ses bras. J'ai raté mon avion dix jours de suite.

Je ne sais plus comment je m'appelle. Il m'obsède.

Depuis, je harcèle mon agence russe pour me trouver des bookings sur place. FIM ne comprend plus rien, je suis en train de me griller. J'ai annulé un voyage aux Iles Moustiques pour une série de dix pages dans Numéro, *j'arrive en retard à tous mes castings. J'ai Toomas dans la peau, dans le crâne, sous les ongles. Je l'appelle toutes les heures, et s'il ne répond pas, je deviens folle.*

Anton ne mérite pas que je le traite aussi mal.

Mila, ma seule amie. Tu crois que je file un mauvais coton ? Je ne comprends pas ce qui me pousse à détruire tout ce que je tente de construire. Anton est l'homme qu'il me faut et Toomas, l'homme que je veux.

Je me déteste et je t'aime.

Rus.

P.S. : La salope a un autographe de Madonna et de Lourdes. Je les gardais sous le coude pour ton anniversaire.

Toomas brûle ses entrailles. Sa gueule de beau gosse, son menton carré. Elle a besoin de son odeur, de le toucher, de le sentir en elle.

246

Son regard à la fois dominateur et reconnaissant quand ils font l'amour.

Des fourmis aux pieds, les doigts glacés et les yeux secs.

L'air de l'avion est irrespirable.

Quelques pas en chaussettes au milieu des businessmen cassés par les mélanges. Sur un fauteuil, un couffin, à l'intérieur, un bébé entouré d'une ribambelle de doudous roses. Les joues gonflées par le sommeil et la tétine. Ruslana n'a pas le droit de tomber enceinte. Interrompre sa carrière alors qu'elle vient de changer d'agence et que le succès est capricieux. Seule Natalia Vodianova peut se permettre de pondre à n'importe quel moment dans la saison. Elle est une star et les couturiers créent en fonction de son tour de taille. Ruslana devra attendre et surtout choisir un homme fiable, patient, un homme qui l'aime pour ce qu'elle ne parviendra jamais à devenir. Anton lui manque. Son visage chiffonné par les nuits courtes et les boulots ingrats. Sa manière de dévorer ses baisers. Anton est entier, généreux, sans état d'âme, il gaspille ce qu'il n'est pas sûr d'avoir, il donne alors qu'il a toujours été sur la paille.

Le steward, inconfortablement recroquevillé sur un strapontin, lève un œil.

— Vous avez besoin de quelque chose ?

— J'ai super mal à l'estomac. Vous auriez des calmants ?

Le chef de cabine déplie son corps cotonneux et fouille dans la trousse d'urgence.

— Mal de tête, nausées, bandage, ecchymoses... Douleurs gastriques. Prenez-en deux tout de suite et deux à l'arrivée... Votre visage me dit quelque chose ? Vous n'êtes pas passée à la télé... dans une émission genre téléréalité... Ça me revient, vous avez participé à American Idol, n'est-ce pas ?

— Non, désolée, je suis simple étudiante à l'université de Long Island.

— Je vois. Vous avez la trouille à cause de vos partiels ?

— Voilà...

— Hors sujet ou impasse ?

C'est un uniforme de steward que tu as, pas de flic. Tu vas me tenir le crachoir pendant tout le vol. Tu ne vois pas que je dérouille, que seule l'idée de m'allonger avec mon Ipod sur les tympans me fait triper.

— Disons que je me pose toujours beaucoup trop de questions et que je trouve rarement les bonnes réponses. Ça ressemble pas mal à une voie sans issue.

Ruslana gobe les comprimés et retourne à son fauteuil.

248

Elle a déjà ingurgité quatre cachets, il y a une heure. Aucune amélioration. Aucun répit.

Les yeux clos. Le ronron des moteurs noyé dans l'immensité de l'espace.

L'overdose sera douce et miraculeuse.

Toomas et Anton veillent sur elle.

27 janvier 2008

Ruslana écrase sa cigarette sur le trottoir du Chagall Business Center. Les bourrasques giflent ses joues, le froid congèle ses cheveux. Elle est arrivée la veille, à Moscou, et n'a toujours pas réussi à croiser Toomas.

Injoignable, en réunion, sur messagerie. A 23 heures, il lui envoyait un texto détestable : *je n'aime pas que tu viennes à l'improviste. Aurai peu de temps pour te voir. T'appelle quand j'ai un moment.* Depuis, elle se cramponne à son portable et elle bannit les endroits sans couverture réseau.

C'est pourtant lui qui l'a suppliée de venir, il se plaignait de ne pas la voir assez. Ruslana a décidé de se mettre *out* chez FIM, d'inventer le décès d'une vieille tante pour taire les questions d'Anton… Elle a fait le mur et se retrouve désœuvrée et seule à Moscou.

Un clochard s'est fabriqué une doudoune avec un vieil édredon crasseux et des ficelles. Il

250

tire son caddy et cherche un porche à l'abri de la mort. Il pousse sa maison, des sacs-poubelle pleins de souvenirs de sa vie pourrie. Si elle quittait tout, si elle arrêtait ce cirque et les faux-semblants, si elle emménageait avec Toomas...

Son portable. Un bond.

Anton avec son tee-shirt *Hard Rock Café London* en fond d'écran.

Elle retombe.

— Salut. Non, ça va. Un peu crevée mais je tiens le coup... Je ne veux pas de surprise, Anton. Ce n'est pas par rapport à toi, c'est juste... Je ne mérite pas, tu comprends... Un chat ! Mais oui je suis contente... J'en sais rien, Anton. Tu m'appelles alors que j'ai du monde autour de moi... Mais non, je ne fais pas la gueule... Je suis un peu au fond du trou en ce moment et je crois que je n'ai rien à t'offrir. C'est allé trop vite tous les deux... Je dois te laisser... Tu l'as appelé comment ce chat ? Ghost ! Je suppose qu'il est tout blanc.

Ruslana raccroche. Des cristaux de larmes se sont formés sur ses pommettes. Elle a des crampes dans les reins et les jambes tétanisées.

Une cigarette pour reprendre ses esprits.

Un numéro en boucle.

« Messagerie de Toomas Arefyev. Pour raison professionnelle merci d'appeler ma secrétaire au

Chagall Business Center. 544-567-22. Sinon, laissez-moi un message après le signal. »

— Toomas, c'est Rus. Si tu m'évites, c'est raté. Je suis chez toi et je commence les séances cet après-midi. Dis-moi comment ça se passe ? Tu te pointes à l'improviste pendant les cours, tu joues au bellâtre devant ces pauvres dindes et tu repars avec leur argent. Bravo, monsieur Arefyev. Moi j'ai de quoi payer pour des semaines et des semaines de stages. Je suis top model, représentée par la meilleure agence du monde. Je viendrai ici jusqu'à ce que je te voie. Peut-être que tu la ramèneras moins que dans ta chambre. Je n'aurai pas droit à ton speech romantique. Dis-moi monsieur le manager, tu couches avec toutes les filles ou seulement avec les plus connes ? J'ai eu un traitement de faveur ou la formule standard ? Je t'en supplie, Toomas…

Ruslana mord dans son filtre et entre dans le centre flambant neuf décoré de plantes tropicales et de croûtes modernes.

Des groupes de filles de plus d'1,80 mètre habillées en putes piaillent devant l'amphithéâtre Lénine. Capuches fourrées, collier en toc, franges raidies, maquillage de pompom girl. Elles ne bossent plus ou n'ont jamais bossé.

Ruslana n'a rien en commun avec ces pseudo-mannequins. *The next big thing* va bientôt s'acheter un appartement. *The next big thing* s'habille en Marc Jacobs le lundi, Martine Sitbon le mardi, en Helmut Lang le mercredi, en Girbaud, le jeudi, en Miu Miu le vendredi, en Gucci le samedi et avec des fripes kazakhes le dimanche... Mais *the next big thing* a le moral en berne, l'ego dans le caniveau et un début d'ulcère.

Un rouquin avec une coupe au bol, des bajoues et un double-menton ouvre la porte de la salle et dirige les candidates avec un sourire immaculé.

Les filles gloussent et s'agitent afin de se faire remarquer.

Le culbuto racle sa gorge et remonte son pantalon en velours grenat au-dessus de la taille. La dernière fois que Ruslana a assisté à un cours, c'était avec Pia Ludwig. Elle raclait aussi beaucoup sa gorge et même si elle ne souriait jamais, elle avait l'air plus sincère.

— Bonjour mesdemoiselles, je m'appelle Vassili Lapoutchenkov et je serai votre « coach de vie » pendant le stage. Nous allons vous redonner la confiance, vous habituer à gérer les mauvaises nouvelles et aussi les bonnes nouvelles. Nous apprendrons à vivre mieux, à supporter les aléas de l'existence. Etre une mannequin n'est pas facile. Vous n'avez pas de feuille de route, vous êtes coupées de vos proches, vous êtes livrées à vous-mêmes. On vous dit tout et n'importe quoi, on vous humilie, on vous couvre de louanges, vous gagnez parfois beaucoup d'argent puis du jour au lendemain vous vous retrouvez sans un rouble. Comptez sur moi, vous repartirez d'ici avec le mode d'emploi. Prête à conquérir le monde impitoyable des paillettes et des podiums. Il n'y a aucune honte à flancher. Ce qui compte, c'est d'avoir eu le courage de venir, de vous inscrire et de suivre mes conseils. Le Chagall Business Center est votre nouvelle famille, un tuteur sur lequel vous pourrez dorénavant toujours vous reposer. La petite lumière au fond de vous ne s'éteindra jamais, vous trouverez la voie. Tenez-vous les mains, serrez-les fort. Mettez-vous en ligne devant moi. Parfait. Je fais vraiment un beau métier, être écouté par les plus belles filles du monde. Bon, je vais commencer par faire l'appel… Agata, Arina, Dominika, Evpraksiya, Filippa, Katinka, Klava, Luba, Marya, Nonna, Ruslana, Sofya, Talya, Yesfir.

La poche du 501 de Ruslana vibre.

Enfin lui.

Ruslana lâche les mains moites de Nonna et Sofya.

Le professeur a les yeux fermés et invoque les bonnes ondes.

Ruslana croise les doigts. Elle est prête à accepter n'importe quoi.

Le monde à ses pieds

1 message reçu :

Ruslana, je suis désolé si tu as cru que ces bons moments passés ensemble avaient un avenir. Tu es une fille superbe et je t'aime bien. Je ne veux pas te faire de la peine mais je suis déjà marié et papa d'un petit garçon de 3 ans. Je n'ai aucun souci, tu trouveras facilement un homme digne de toi. TA.

11 mars 2008

Hôtel Bulgari
Via Privata Fratelli Gabba 7B
Milan

L'eau du bain est brûlante, sa peau marbrée par la chaleur.

La couverture du *Grazzia* sera torride. Un balconnet en dentelle violette, des porte-jarretelles rouges, des mules léopard. Ses cheveux électrisés, ses yeux peints, sa bouche grossie. On lui a demandé d'être épanouie, sensuelle, charmeuse, de céder à la musique langoureuse. Le studio était plongé dans le noir. Des applaudissements après chaque éclair. Le balconnet remplacé par une guêpière transparente. On a lissé ses boucles, bruni ses lèvres, rallongé ses ongles, doré le galbe de ses cuisses...

Ruslana noie le Polaroïd dans la baignoire. La Rapunzel slave interprète à la perfection le rôle de pouffiasse. Elle soupire, vannée, entourée de mousse au cèdre et au gingembre. Sa journée a été atroce. Elle a posé pour de magnifiques photos, a gagné un paquet de fric, a été confirmée pour la publicité japonaise du nouveau portable Sony Ericksson, a acheté une Fiat 500 à sa mère mais elle n'a pas parlé à Toomas. Ce salaud tient bon. Depuis peu, il accepte à nouveau de prendre ses communications mais jamais il n'appelle. Il se contente d'être poli, distant et amoureux d'une autre. Ruslana reste aux aguets. Certaine qu'un jour, il flanchera. Il en aura marre de sa femme idéale et de son rejeton, alors il pensera à elle, à leurs ébats, à cette fille géniale prête à se contenter du rôle de maîtresse.

Ruslana reste sous l'eau, en apnée, les yeux grands ouverts comme pour prendre de l'air.

Dehors, elle grelotte. La chambre est tellement grande, le peignoir aussi. Elle gobe deux pilules pour les spasmes de son ventre et se vautre dans une méridienne.

Que fait sa mère à cette heure-là ? Elle dort dans les bras courtauds de Radomir, apaisée de savoir sa fille chérie promise à un bel avenir.

Son frère ? Il feuillette des revues de football et apprend par cœur le CV des ballons d'or. Mila transpire un peu sur son PowerPlate et beaucoup, sous son entraîneur, une fois le cours terminé.

Lavon respire mal et se demande si s'accrocher à cette vie pleine de souffrances en vaut la peine.

Carrelyn a les joues déformées par la tablette de Milka qu'elle a ingurgitée en consolant la future grande star de Glitter, une môme de quinze ans découverte dans le village de son Oural natal.

— Anton, c'est Rus. Je te réveille ?

— Une revenante.

— On peut se parler ?

— J'ai toujours pu. C'est plutôt toi qui trouvais que ça servait à rien.

— Qu'est-ce que tu deviens ?

— Tu bosses pour un cabinet de recrutement, ma parole.

— Ecoute, Anton... je n'ai pas été cool avec toi, je sais. Alors, soit tu veux me le faire payer et je raccroche, soit tu me réponds sans faire le malin.

— Je fais des extras au Four Seasons, je prends des cours de théâtre et avec ce qui me reste, je nourris Ghost.

Ruslana frotte sa gencive avec la fin du sachet de poudre acheté 100 euros à son chauffeur milanais. Trouble passager...

— Tu me manques, Anton.

— Mon côté plongeur, acteur ou ami des chats ?

— Je veux qu'on se revoie...

— Tu t'es fait larguer ?

— Pourquoi tu es méchant ?

— Je n'aime pas qu'on me prenne pour un con, Rus. L'histoire de ta tante, pourquoi tu m'as menti ?

— Ma vie est compliquée, Anton. Je t'avais prévenu. Par moments je n'assume pas, je fuis. Je n'ai pas une vie normale, tu comprends...

— Où es-tu ?

— Milan...

— Tu reviens quand ?

— Samedi. Je vais m'acheter un appart à New York. Un petit truc à moi. J'en ai marre de squatter à droite à gauche, des hôtels et des meublés que je loue une fortune, tu m'aideras à choisir ?

— Tu demandes conseil à un plouc ukrainien qui habite dans le Queens ?

— J'ai besoin de toi, Anton.

— Aïe. Je savais qu'il y aurait une mauvaise nouvelle. Ami plus qu'amant.

— Je ne veux pas devenir folle. Je veux me protéger. Je me sens en danger quand je suis seule dans une suite, Anton. Tu n'as rien à te reprocher, tu as tout bien fait. Mais je comprendrais parfaitement si...

— Samedi soir, je t'invite à dîner. Et si je trouve d'ici là une nana folle de mon corps, je lui expliquerai que ma meilleure amie passera toujours avant mes histoires de cul !

— Je t'aime.

— Pas mieux.

Ruslana allume son ordinateur, une blonde et la lampe de chevet.

http://ruslana-87. kazakhblog. com

C'est ma faute… si je tombe amoureuse.
C'est ma faute… si je suis au fond de l'abîme.
C'est ma faute si mon cœur se brise.
Je suis une pute. Je suis une sorcière. Peu importe ce que tu me dis.
Si je m'occupe des autres, alors qui s'occupe de moi ?
Et si je m'occupe de moi, alors je sers à quoi ?
Ça fait mal, comme si quelqu'un avait pris une part de moi, l'avait déchirée, piétinée sans relâche et l'avait dispersée de tous les côtés.

Posté par : Ruslana-87
le 11/03/2008 à 4 h 05 AM

17 mars 2008

FIM MODELS
638a, Park Avenue
New York

— Darling chérie, tu pars demain à Acapulco pour un catalogue de maillots de bain. Quatre jours au tarif 30 pour se prélasser sur du sable fin, on a fait plus ingrat ! Après tu reviens ici pour la Fashion Week, tu as des requests dans tous les sens, je crois que ta saison va être énorme, après j'ai très envie qu'on zappe Londres, ça devient cheap… à la place tu shootes la série pour le *Red,* la couverture sent très bon ! Pour ton projet d'appartement, j'ai demandé à la compta de te sélectionner quelques offres correspondant à tes revenus, ils t'envoient tout ça par mail. Tu as maigri, non ?

— Toujours avant les shows.

— Canon.

Juan-David, un Portoricain peroxydé avec un tatouage *Evil Reads Pravda* autour du cou, finit son smoothie aux omégas 3 et retient un rot d'une grimace très Actor's Studio.

261

—J'ai reçu les prints du *Grazzia*. Mortel, babe. J'ai forwardé les shoots les plus sexy au cast de Victoria's Secret. Tu serais parfaite. En plus, leur show est le 3 et je viens de te libérer le 3. J'ai annulé la campagne Pantène. Ils voulaient te payer moins qu'avant ! Les mufles. Avec tout le blé qu'ils ont ! Qu'ils essaient de me rappeler, ils vont comprendre leur douleur. Ce n'est plus 25 000 que je leur demanderai mais 40 000 et une composition florale pour se faire pardonner.

Le portable de Ruslana envoie du Shy Child téléchargé illégalement.

— C'est ma mère. Tu m'excuses un instant.

— *Vale, vale, guapa.*

Battements de cils droite-gauche-droite de Juan-David très excité par ces histoires de tarifs.

Ruslana s'isole dans la cage d'escalier et se met sur ampli.

— Tu as reçu mes billets ?

— Oui, chérie.

—Je suis tellement contente que tu viennes me voir, maman.

—Le 12, c'est l'anniversaire de Radomir...

— Il fait plus jeune que son âge.

—Je ne peux pas venir à ces dates, mon ange.

—J'ai besoin de toi.

— Moi aussi. Mais le 12, je serai sur la Côte d'Azur avec…

— Ton médaillé. Ça va, j'ai pigé.

— Je ne veux pas entendre cette voix d'outre-tombe, princesse. Si tu as besoin de moi, je viens… tout de suite.

— Je ne serai pas là, maman. Remarque si tu ne veux pas te retrouver seule, tu n'as qu'à venir avec ton nain de jardin, New York by night, c'est superromantique.

— Tu es méchante, Rus.

— Je me tue à la tâche, maman. J'ai tout fait pour toi. Tes jolies robes, ton eau de toilette, tes fards à paupières, tes nuits plus douces… Je ne mérite pas ça.

La ligne est coupée.

Ruslana réfugie ses larmes dans son blouson, elle est broyée par le chagrin.

— Mademoiselle.

Un homme, la trentaine, brun, visage émacié, l'allure sportive, s'assoit sur une marche à côté d'elle.

— Je ne supporte pas de voir une femme pleurer.

— Personne vous oblige à rester.

— Je supporte encore moins l'idée de laisser une femme pleurer.

— Cassez-vous. Je supporte pas les hommes qui ne supportent rien.

263

— Leonard Picovskii.

— Qu'est-ce que vous voulez que ça me foute ?

— Appelez-moi autrement si mon nom ne vous convient pas.

— Et pour votre gueule, je fais comment ?

Leonard Picovskii éclate de rire, se lève et lui tend la main.

— Gros nez, yeux globuleux, lèvres fines, traces d'acné... j'avoue ne pas avoir été autant gâté que vous par la nature.

Ruslana calcine une Camel.

L'homme se rassoit en pointant du doigt le plafond.

— Vous allez déclencher les sprinklers.

— Vous ne savez pas nager, Picovskii ?

— J'adore comment vous prononcez mon nom.

— C'est quoi la prochaine étape, vous allez m'inviter à prendre un verre dans un bar à la mode. La blonde slave, c'est mieux qu'une Rolls, pas vrai ?

— J'ai déjà trois Rolls et je n'aime pas les bars à la mode.

— Décidément, on n'a aucun point commun...

— N'empêche que vous ne pleurez plus.

L'homme descend quelques marches et tend sa carte de visite.

— Je loue des voitures de luxe.

— J'ai une tête à être intéressée ?

— Vous avez une tête à être chez FIM, à avoir fait dix tours du monde à la suite, à être lessivée par votre vie trépidante et à craquer parce que les gens que vous aimez sont toujours loin de vous.

— N'essayez pas de me faire la cour, Monsieur le loueur. Je rends malheureux tout ce qui s'approche de moi.

— Prétentieuse.

— Et je n'ai pas mon permis...

— Je suis prêt à vous conduire n'importe où.

— Vous habitez ici ?

— Ici même, entre le douzième et le treizième étage ! Je n'ai jamais autant apprécié ma maison qu'aujourd'hui.

— Ruslana Korshunova. Vous voulez que je vous l'écrive ?

— J'aime bien aussi quand vous dites votre nom.

— Vous cherchez des clients dans les escaliers des immeubles ?

— Je déjeune avec le boss de FIM. Je travaille avec lui depuis quatre ans. Il loue mes voitures pour les stars de l'agence pendant la Fashion Week.

— Je vois...

— Vous voyez quoi ?

— Vous êtes un top model fucker.

— J'aimerais bien !

Picovskii a choisi la sirène d'une ambulance pour son Blackberry.

— C'est flippant, votre truc. Vous êtes aussi un toubib refoulé ?

— Oui mon Jim. Je suis dans les escaliers, j'arrive tout de suite… A la prochaine, Ruslana, et n'hésitez pas à… Vous avez un beau sourire, Ruslana.

— Je ne vois pas comment vous savez.

— Même quand vous boudez, vous avez un beau sourire.

Picovskii l'embrasse sur la joue.

Tous ses efforts pour rester une poupée de chiffon sont réduits à néant. En une fraction de seconde, Ruslana libère ses dents blanches.

— J'avais raison.

L'ascenseur lâche la sculpturale Tyra Banks sur le palier du 12ᵉ. Manteau en cuir noir, spartiates jaunes, sombrero en nubuck, une queue-de-cheval de yearling.

— Hello Leonard, comment ça va, trésor ?

— Beaucoup mieux quand je te vois.

Tyra accepte le baisemain, ça n'abîme pas son maquillage.

— Quoi de neuf ?

— La télé, les shows, les photos… Tu m'as vu dans *GQ* ?

— Le monde entier t'a vue dans *GQ*, Tyra. J'ai mis le magazine dans toutes mes limousines.

Ruslana voudrait disparaître. Tyra la détaille.

— On se connaît ?.... On se connaît pas !

— Londres, chez Daphné's, il y a cinq ans, tu avais craqué sur mes pompes...

— Quel enfer ! Je ne mets plus les pieds dans ce resto depuis une plombe, la dernière fois, j'ai été malade à crever avec leur tartare de noix de Saint-Jacques, ça a failli ruiner mon dîner de gala à Buckingham.

La tornade Tyra Banks entre dans l'agence.

Dans la foulée de sa plastique et de son ego irréprochables, un parfum au muguet et au caramel.

Leonard Picovskii chuchote.

— Cette fille est phénoménale.

— Il ne faut pas vous gêner pour moi.

— C'est drôle, quand on vous voit à côté d'elle, vous l'éclipsez complètement.

— Si vous en faites trop, je vais commencer à vous trouver antipathique.

— Vous me trouviez sympathique ?

— Collant, bavard, un peu arrogant...

— C'est une déclaration, Ruslana.

Jim Frax, un très ancien mannequin aux tempes grises et au costume assorti s'approche d'eux avec une moue condescendante.

— Bonjour Leonard, on n'avait pas dit 13 heures 30 ?

— Jim, tu as une mine éclatante. C'est quoi ton secret ?

— De déjeuner tous les jours avec une heure de retard. Salut Ruslana, Juan-David m'a montré tes photos du *Grazzia*, on va déclencher le plan B. Vous vous connaissez ?

— A mon grand désespoir pas suffisamment pour déclencher un plan B.

Ruslana se colore.

Jim Frax met une tête à Picovskii et passe une main dans ses implants à la manière de sa dernière pub pour Pétrole Hahn en 1980.

Conscient de ses airs de vieille tapette, il tente de viriliser son discours.

— Let's go, camarade, j'ai réservé au Cirque. Une bonne grosse côte de bœuf nappée de sauce béarnaise, histoire de réduire à néant mon régime hypocalorique et ma cure de Zocor. Bye Ruslana.

— Bye Jim. Bye Leonard.

Leonard se penche vers elle.

— Ne croyez pas que vous allez vous en tirer aussi facilement, mademoiselle Korshunova. Je fourgue mes autos à des connards futiles mais je n'en suis pas un.

— Arrêtez de parler de vous, c'est fatigant.

10 avril 2008

Chez Leonard Picovskii
5551, East Fork Road
Brooklyn

La villa est spacieuse, confortable, prête à accueillir une femme, des enfants, à résonner de rires et de cris. Un double living, une grande cheminée, une cuisine ultramoderne, trois chambres, une mezzanine, un grand garage, un jardin. A trente-deux ans, Leonard Picovskii vit dans une maison-témoin. Son existence ressemble à une location géante. Il conduit des voitures qui ne lui appartiennent pas, porte des costards de la boutique de prêt-à-porter de son oncle en échange de cartes de visite distribuées aux clients fortunés et consulte l'heure sur des montres de grandes marques prêtées par un cousin bijoutier-horloger à Coney Island.

Dans la salle de bains, Ruslana traîne sous la douche. Elle n'aurait pas dû faire l'amour avec Leonard. Jouir dans ses bras n'était pas prévu, pas plus que de le voir tous les jours depuis une semaine. Elle ne sait pas pourquoi elle est là. Elle a succombé sans réfléchir. Elle regrette cette situation qui va jeter encore plus le trouble dans son esprit en miettes.

3 messages reçus sur son portable.

J'ai un copain qui travaille dans un resto à Wall Street. Superstudio vient de se libérer au-dessus. Pas trop cher. Si tu veux je t'accompagne. Baisers très forts. Anton.

Vernissage d'un pote de LIU demain à Chelsea. Peinture naze mais mec très mignon. Appelle-moi et que ça saute. J'ai besoin d'un faire-valoir. Si tu peux t'enlaidir pour l'occasion, ça m'arrange. Mila.

Anton attend ton appel et moi je préfère quand tu es là. Ghost.

Effacer tout.

Ruslana dresse ses cheveux en chignon autour d'une baguette chinoise et retourne dans la chambre nuptiale.

Leonard est assis sur une montagne d'oreillers. Il la contemple comme un gosse qui s'en voudrait de croire encore aux contes de fées.

— C'est dimanche, Ruslana. Tu ne vas pas partir maintenant. Pas avant d'avoir goûté au meilleur brunch ashkénaze de New York.

— Je dois rentrer…

— Tu n'es pas bien, ici ?

— Je suis bien nulle part, Leonard...

— Laisse-moi la journée pour te faire changer d'avis. Qu'est-ce qui te ferait plaisir ?

Leonard est à genoux devant elle, il sourit pour deux.

— Des muffins ? Un cappuccino avec de la mousse ? Un feu de cheminée ? Un massage ! Tu sais que je me débrouille plutôt pas mal, j'ai failli être kiné pour obéir à mon père... Une croisière, une promenade en montgolfière, du deltaplane ?

— J'ai le vertige, Leonard.

— Pêche ?

— On fera ça pour mon anniversaire...

— Il faut que j'attende juillet ?

Ruslana se lève. Son K-way, la tête sous la capuche.

— Je te ramène.

— Je vais prendre un taxi.

— Qui as-tu fréquenté avant moi, Rus ? Une femme comme toi, on la ramène. Même si ça se passe mal, même si tu me quittes, même si tu me dis que tu ne veux plus jamais revoir ma gueule enfarinée, je t'ouvrirai la portière et je te tendrai la main pour t'aider à descendre de la voiture. Une Bentley pour rentrer, tu n'y vois pas d'inconvénient ?

— Je ne suis pas une fille bien, Leonard.

— J'ai confiance en mon jugement.

— Tu n'es pas le seul, tu comprends.

— Ce qui importe c'est d'être le dernier. Je te rendrai heureuse, Ruslana.

Ruslana caresse la joue mal rasée de Leonard. Elle lui tient les mains un instant sans un mot. Leonard, en caleçon et tee-shirt blanc, le corps bouillant, Ruslana, habillée et les membres glacés.

Elle a envie de l'aimer et de fuir, de baiser et de l'insulter, d'espérer et de renoncer. Elle a envie de marcher au milieu de nulle part, de parader en robe Chanel, de ne pas se laver pendant quinze jours, de sentir la chaleur des spots sur son visage, d'être éblouie par le soleil, de courir après la gloire, de dormir dans un champ de tournesols, de danser sur Shy Child, de gâter sa mère, de râler contre sa mère, de porter des fleurs sur la tombe de Pia, de marcher sur les pieds de Tyra Banks, de glousser avec Mila, de jalouser sa vie d'étudiante insouciante, de se faire siffler, de siffler une berceuse kazakhe, de s'endormir à côté d'Anton et de Ghost, d'accepter sa demande en mariage, de couler avec l'Eurostar, de se crasher en plein vol, de faire la Une des journaux, d'être invitée aux Oscars, de tuer la femme de Toomas, de le consoler, d'accepter sa demande en mariage, d'aller vivre à Moscou, de quitter FIM, de

272

compter ses coupures de cent dollars, de gifler Jim Frax, de se tondre, de se scarifier, d'appeler Carrelyn Watts puis de raccrocher, de rechercher Alexey à Kazantip, d'aller pique-niquer à la patinoire Medéo, de brûler son book, de signer des autographes, de rouler dans des décapotables, de draguer Mark Wahlberg, de le sucer, de tomber malade, de se blottir dans les bras de Leonard Picovskii, de l'écouter chuchoter son nom, d'accepter sa demande en mariage, d'avoir des alliances, des maris, des amants, des admirateurs, des soupirants, des fans, de l'avenir, des enfants, des poussettes à promener, des poupées à déguiser et des albums-photos à remplir, de faire du mal, de mentir, de tricher, de fermer les yeux pour ne plus jamais les rouvrir.

Leonard n'en finit pas de sourire.

— Je nous organise une semaine en Pennsylvanie, début juillet. On prend une tente, des cannes à pêche, de quoi faire des feux de camp... Tu te libéreras ?

— En juillet... Bien sûr, Leonard, je serai libre.

Ruslana reste soudée à la poignée de la porte. Son ventre cogne, ses jambes tremblent. Les mots qu'elle voudrait prononcer se décomposent avant de sortir.

Leonard ne sourit plus. Son sexe encore dur, son corps tendu, son cœur gorgé.

— Pourquoi tu ne viens pas habiter avec moi ?

— Je veux habiter seule, Leonard. C'est mon rêve depuis toujours. Avoir un appartement rien que pour moi, même un petit truc. J'ai besoin de me retrouver...

— Je veux t'aider.

— Tout le monde m'aide, Leonard. C'est ce qui rend ma tâche si compliquée.

— Je suis pas tout le monde...

Ruslana lui envoie un baiser.

— Je t'appelle.

— C'est ça, tu m'appelles, on se fait une bouffe et si tu es bien disposée...

— Ça ne marchera pas tous les deux.

— Tu as peur de quoi, Rus ? D'être heureuse ?

— Tu ne me connais pas, Picovskii. Tu ne sais pas d'où je viens...

— Almaty, Kazakhstan. Une autre question ?

— Tu es con !

— Je t'aime.

— Je ne peux pas entendre ça, je ne suis pas équipée pour. C'est moi le problème. Je ne supporte pas quand les gens sont trop gentils. J'ai envie de fuir et que personne ne me raccompagne jamais...

— La porte est grande ouverte. Je ne te retiens pas.

274

Ruslana ne sait pas où aller. Mais elle part.

Le taxi roule dans les rues désertes de Brooklyn.

Le petit matin atténue l'illumination des gratte-ciel.

Des hordes d'oiseaux glissent vers un horizon plus clément.

Des SDF se bagarrent une bouche d'aération.

Le métro aérien mélange les couche-tard et les lève-tôt.

Ruslana a fait l'amour, a joui, a recommencé.

Pendant ce temps, New York a baisé, a simulé, s'est enivré, s'est disputé.

Beaucoup de couples se sont aimés, cette nuit. D'autres ont décidé de se quitter. Certains amants ont compris qu'ils s'embrassaient pour la dernière fois. Quelques-uns ont regretté leur choix et ont cherché du réconfort ailleurs, dans des substances illicites, chez un autre homme, dans les bras d'une autre femme. Combien ont réalisé qu'ils ne croyaient plus en l'amour ?

12 avril 2008

Au Bon Pain
80, Pine Street
Manhattan Financial District
New York

Après trois toasts aux graines de lin, deux pots de gelée de mûre bio, un thé au lait, quelques cuillères de miel, une assiette d'œufs brouillés et un muffin à la cannelle, Mila se résout à parler la bouche pleine.

— Tu as une mine de papier mâché.

— Merci Mila. Avale, avant de te lancer dans une plus longue tirade, j'ai l'impression d'être face à un vide-ordures.

— Qui te met dans un état pareil ? Ton chauffeur ?

— Il n'est pas *chauffeur*, il a une entreprise de locations de voitures de luxe.

— Miss Ruslana et son chauffeur de luxe, OK !

— La jalousie ne te coupe pas l'appétit.

— Je donne dans le sculpteur géorgien qui a besoin d'avoir les mains dans la glaise pour être opérationnel. Avant de tenter la ruée vers

276

l'Ouest, il était hardeur dans son pays. Tes histoires de grosses cylindrées ne me font ni chaud ni froid.

— J'ai décidé de faire un break avec Leonard... Il a tout pour lui, il est prévenant, bienveillant...

— Il n'aime pas les jolies filles ?

Long soupir de Ruslana. Regard dans le vague.

— Mon problème, c'est que j'en ai marre de bosser...

— Prends ta retraite.

— A 20 ans ? Alors que je te fais venir pour visiter mon futur appart et que ça va me coûter un max. Vraiment pas le moment...

— C'est jamais le bon moment, Rus. Je vois juste que ce métier est en train de te bousiller et que tu vas y laisser ta santé. Anton est d'accord avec moi.

Ruslana serre les poings.

— C'est quoi ce plan, tu veux te taper Anton ?

— Anton est un mec bien. Il t'aime sincèrement. Ça nous fait au moins un point commun.

— Putain mais qu'est-ce que vous avez tous à m'aimer sincèrement ? Qu'est-ce que je vous ai fait pour mériter ça ?

— Tu as consulté pour ton ventre ?

— Tu as raison, change de sujet.

— Réponds-moi !

277

— Le stress, maman.

— Prix Nobel, ton médecin ? Dix années d'études pour t'annoncer que tu somatises.

— Je prends des cachets...

— Tu as vu quelqu'un ou tu te contentes de n'importe quel antidouleur en vente libre ?

— Ça va mieux, je te promets.

— Tu manges rien, tu es maigre comme un cure-dent, je n'aime pas te voir dans cet état.

Ruslana mord dans un scone.

Mila trempe des sucres dans son Darjeeling.

— Tu crois franchement que d'acheter un studio, c'est la solution ?

— J'aurais dû le faire bien avant. C'était une connerie de louer des meublés. Stupide et ruineux. Un mois, trois mois après je dois me tirer et en chercher un autre... Je ne me suis jamais sentie chez moi et j'ai gaspillé une fortune.

— Pourquoi celui-là ?

— C'est moins cher que Soho ou Chelsea. Bien placé. Refait neuf, fonctionnel, doorman 24 sur 24.

— Wall Street, chérie. C'est mortel le week-end.

— Je dors le week-end...

— Il n'y a que des mecs hyperstressés en cravate et attaché-case. Vise par là.

Mila montre un petit chauve en imperméable assis au comptoir. Le doigt dans le nez et le nez dans les cotations.

— Ne me dis pas que tu as envie de l'avoir comme voisin.

— Je me fous de mes voisins. Du moment que je ne les entends pas. Je pars le matin, je rentre le soir, je voyage huit mois par an. Les brokers ne sont pas plus effrayants que les stylistes.

— Tu files un mauvais coton, ma fille.

Dehors, Ruslana découvre le quartier de sa future maison. Les trottoirs étroits, des buildings qui cachent le ciel, les sirènes de Ground Zero, les caméras de surveillance, les taxis qui rôdent, l'absence de vent, les bus bondés en provenance de Battery Park City.

Mila minaude avec son artiste au bout des ondes.

— Je t'appelle quand j'ai fini. Oui, je m'improvise agent immobilier ! Tu sais bien que Ruslana peut *tout* obtenir de moi. Ce n'est pas toi ou elle. C'est d'abord elle et après, éventuellement, si tu es encore là…

Le portable de Ruslana vibre. Numéro masqué.

— Ah, bonjour Vassili. La confiance est au beau fixe. Non, je n'ai pas eu le temps de remplir votre questionnaire… ça marche. Pour les

CD de relaxation, j'attends un peu... D'accord, on se tient au courant... Quelle glu !

— C'est quoi le plan ?

— Vassili Lapoutchenkov, mon coach de vie au Chagall Business Center.

— Il y a des sectes à New York, bébé, pas la peine de courir en Russie pour communier avec un gourou extralucide.

— C'est un type très bien, il m'apprend juste à avoir confiance en moi.

— Bien entendu, les types très bien font de la retape pour fourguer leur CD de relaxation. Tu sais, Rus, n'oublie pas que tu es dans la ville des divans. Tu pourrais trouver un psy et lui raconter ce qui te ronge. Je ne crois pas à la filière moscovite. A moins que tu n'ailles là-bas pour chercher autre chose.

— Autre chose qui ne veut plus entendre parler de moi...

— Tu as tout ici, mon ange, des hommes à tes pieds, des contrats mirobolants, une amie exceptionnelle. Qu'est-ce que tu veux de plus ?

L'immeuble du 130, Water Street est le plus haut du bloc.

Mila bombarde la façade avec son appareil numérique.

— Peintures défraîchies, baies vitrées toujours dans l'ombre de l'immeuble d'en face, travaux à droite, ravalement à gauche. Pour une immigrée kazakhe, c'est la transition idéale.

— Je me fous de l'extérieur.

— *Home sweet home* ! Pas évident, même avec une grosse dose d'autosuggestion. Quand je pense qu'une maison de 400 m² te tend les bras et que tu préfères venir t'enterrer ici.

— C'est le propriétaire de la maison qui me tend les bras. Je veux être indépendante.

— Quel étage, ton indépendance ?

— 9ᵉ.

— Idéal. Toi qui as le vertige sur la pointe des pieds.

Le doorman, un Pakistanais râblé autour de la cinquantaine, les accueille avec un sourire jovial.

— Mesdemoiselles.

— Bonjour, monsieur. Je m'appelle Ruslana Korshunova, je viens…

— Votre ami m'a prévenu de votre visite. Enchanté. Moi, c'est Mehdi Al-Thawadi, Wadi pour les gens de l'immeuble. Les basanés n'ont pas trop la cote dans les parages. J'ai beau leur expliquer que je n'ai pas mon permis avion et que mon cousin, qui était agent d'entretien dans la tour sud, a clamsé dans cette tragédie… Pff ! J'ai rasé ma barbiche, pas question de perdre mon job. Vous comptez emménager quand ?

— Le plus vite possible.

— Inch'Allah !

Dans l'ascenseur, Ruslana ne lâche pas la main de Mila, le doorman celle de Fatima accrochée à son trousseau de clés.

— Vous êtes étudiantes ?

— On peaufine nos connaissances en finance internationale.

— Vous ne pouviez pas mieux tomber, c'est vraiment ici que ça se passe. Mon fils aîné travaille à la Citybank et le plus jeune termine son master de management stratégique à NYU. *God bless America.*

Devant la porte de l'appartement 9B.

— Les peintures du couloir sont un peu abîmées... Elles devraient être refaites courant 2009.

— Qui habite à l'étage ?

— Un informaticien au A, un expert comptable au C, une contrôleuse de gestion au E... Vous êtes tombée sur l'étage des rigolos. Je vous garantis que vous ne risquez pas d'être réveillée pour tapage nocturne.

Ruslana est émue. Son nid douillet mesure 35 m². Les murs et le sol sont beige, une ampoule pend au plafond.

— Le type d'avant n'était pas décorateur.

— C'était un bureau d'import-export. Personne n'y vivait vraiment.

Mila mitraille le studio.

Ruslana prend son amie par l'épaule.

— Moi ça me plaît. Je m'y sens bien. Et puis, c'est chez moi, je peux l'arranger comme je veux. Là j'imagine un grand canapé en forme de L, un tapis épais, une table basse ici, un bureau près du mur…

— Vous avez même un petit balcon, mademoiselle.

— Mauvais argument de vente, monsieur Wadi, Ruslana flippe à un mètre du sol.

— Vous n'êtes qu'au 9e, imaginez seulement ces pauvres gens qui ont dû se jeter du 100e étage.

Le doorman ouvre la baie vitrée et se penche vers le tarmac de Water Street.

Mila se bouche les oreilles.

— Sympa le bruit.

— Laisse tomber, Mila. La journée, je ne suis jamais là.

Le portable de Ruslana joue du Daft Punk.

Mila se trémousse façon dance-floor.

— Oui Anton. C'est super. Je m'y vois complètement. Un peu cher bien sûr mais je devrais pouvoir m'en sortir. Je t'appelle plus tard. Non, ce soir, je ne peux pas. Demain… je ne sais pas encore. Ciao.

Le doorman tend les clés à Ruslana.

— Si vous voulez prendre des mesures, je vous laisse le trousseau... Bienvenue au 130, Water Street.

— Merci, Mehdi.

A nouveau le portable de Ruslana. Cette fois, la musique inquiétante des *Dents de la Mer*.

Mila, toujours en rythme.

— J'ai droit à quelle musique quand j'appelle ?

— Madonna, *I love New York*.

— Parfait chérie, tu peux répondre à ce psychopathe.

— Hello Juan-David... Super, j'ai trouvé mon appart. Quoi ? Tout de suite ? Mais je m'étais mise *off* aujourd'hui. Je peux y être à midi, pas avant. OK, c'est bon. Je suis en jean et baskets et je n'aurai pas le temps de repasser à l'hôtel. Oui je ferai un effort, ne me parle pas comme à une débutante, je sais ce que je fais.

Ruslana cloue les mâchoires du requin.

— J'ai un rendez-vous archi-important dans l'Upper East Side. Une option pour la campagne Blugirl. Le job me paierait la salle de bains. Fait chier.

— Tu veux que j'y aille à ta place, je montre ton book, je fais l'article. J'essaie de booster un peu tes tarifs.

Ruslana s'effondre contre un mur.

— Il me faut ce booking. J'ai des problèmes de fric.

— Tu choisis bien le moment pour t'acheter un studio.

— Au moins ce qui est placé n'est pas jeté par les fenêtres.

— Je croyais que tu roulais sur l'or.

— Les impôts viennent de me tomber dessus...

— Ce n'est pas ton agence qui gérait tout ça ?

— Glitter s'en occupait jusqu'au jour où j'ai eu l'impression qu'ils salaient un peu l'addition alors j'ai voulu m'en occuper moi-même. C'était aussi le moment où ça cafouillait avec Carrelyn, juste avant que je la quitte. J'ai pris les conseils d'un fiscaliste de Moscou, il avait l'habitude de travailler avec des mannequins de l'Est, il m'a bidouillé un montage pour passer à travers les mailles du filet... Il a été arrêté et ses montages se sont cassé la gueule.

— J'hallucine. Rus, mon ange, depuis quand tu fais confiance à un fiscaliste qui t'apprend à truander ? Oublie Moscou, il ne se passe rien de bon là-bas... Comment tu comptes faire ?

— J'ai une grosse rentrée d'argent le mois prochain. Les campagnes Vera Wang, Girbaud, Old England, Kenzo Accessoires, plus le catalogue Quelle, au moins vingt pages. La Watts n'a jamais voulu que je le fasse, elle disait que c'était bon pour les filles en fin de carrière. Je m'en fous. Personne ne le verra. Et pour les impôts… Ils ont été arrangeants, j'ai obtenu un échéancier jusqu'en 2012.

— Je comprends les nœuds dans l'estomac.

Mila va fumer sur le balcon.

Ruslana gobe trois gélules roses et essaie de se détendre.

Texto reçu de Leonard :

Tu me manques. Vivement le mois de juillet et nos barbecues en tête à tête. Des baisers.

Texto envoyé à Toomas :

Quoi de neuf ? Pensées. Rus.

Le flash du portable, les yeux éclatés, un grand sourire pour son autoportrait. MMS envoyé à sa mère :

Petit appartement, nouvelle vie, immense joie…

28 juin 2008

Ghost ronronne.

Ruslana est allongée sur le canapé convertible.

Anton finit sa Budweiser, la fatigue alourdit sa nuque et ses paupières.

Demi Moore ressent une présence, un souffle imperceptible, une intuition triste et grise tout autour d'elle.

Patrick Swayze erre sur les quais du métro, transparent, livide, il croise des fantômes.

Ghost se lèche la patte et repart en boule.

Anton a un début de hoquet.

Demi Moore danse, radieuse, espiègle, au bras d'un souvenir.

Patrick Swayze l'avertit du danger par des cris que personne n'entend.

Ghost ouvre un œil, frotte ses moustaches et s'étire.

Ruslana retient son souffle, le rythme de son cœur s'emballe.

Demi Moore éprouve un étrange trouble, une lueur d'espoir.

Patrick Swayze chavire. Son étreinte est vaine, sans consistance. Il ne pourra plus jamais serrer son amour contre lui.

— Jamais je ne me lasserai de ce film.

— Je suis jaloux.

— J'ai l'impression que des âmes nous surveillent. Tu vois, mon père, j'en suis sûre, il me voit. Il sait tout ce qui m'arrive. C'est mon ange gardien...

— Les vivants aussi veillent sur toi, Rus. Ils sont plus efficaces que tes disparus. Et je pense même qu'ils sont plus fiables.

— Les morts n'attendent rien en échange...

— Certains vivants non plus. Regarde-moi, je t'aime et je suis là comme un abruti, à picoler en visionnant un DVD que j'ai déjà vu cent fois... Je devrais te sauter dessus, tu ne crois pas ? Eh bien non ! Je reste prostré, je ne bouge pas parce que j'ai trop peur de te perdre définitivement.

— Ça t'ennuie si je rentre ?

— Et voilà, c'est toujours la même fin. La princesse s'ennuie et dispose. Putain, Rus, il flotte, il est 4 heures et demie du mat, j'ai trop bu...

— Je veux dormir chez moi.

— Et te taper la conversation avec Casper Korshunova.

Ruslana est blême. Elle tente une gifle du bout des doigts.

— Ramène-moi. J'ai besoin de prendre mes cachets.

— Tu es une vraie junkie, Rus. Tu ne peux pas continuer.

— Mon job, c'est sourire à l'objectif, Anton. Avoir l'air cool avec des cheveux propres et un petit cul bien ferme. J'ai les cheveux impeccables, des petites fesses qui ne bronchent pas, pour l'air cool... c'est plus difficile ces derniers temps. Tant que j'aurai des décharges électriques dans le bide.

— Si tu ne te fais pas soigner, je t'emmène de force à l'hôpital.

— Je vois quelqu'un lundi.

— Tu m'as déjà dit ça le mois dernier.

— Cette fois, c'est la vérité. Je te le jure, Anton.

Anton dévore la bouche de Ruslana.

— Reste, mon ange.

Elle finit par le repousser.

— S'il te plaît...

— Je ne veux pas te savoir seule.

— Je ne suis pas seule, Anton. J'habite dans un immeuble de douze étages, rien qu'au neuvième on est quatre... J'ai le téléphone, le

Wi-Fi, mon doorman... Qu'est-ce que tu veux qu'il m'arrive ?

— Qu'on te kidnappe.

Ruslana force un rire.

— Qui se risquerait à voler une fille comme moi ?

— Tous ceux qui t'ont croisée depuis ta naissance. Tu ne te rends pas compte de l'effet que tu produis sur les gens.

— C'est mon CV qui excite, Anton, pas la fille en chair et en os. Si je n'étais pas mannequin, tu serais le premier à déserter.

Anton broie sa canette.

Ruslana récupère son sac à dos, son iPod touch, son book.

— Tu m'as vue... je ne peux même pas me déplacer sans cet album-photos de merde.

— Arrête, Rus. C'est pas un métier pour toi. Tu es trop fragile, trop pure, trop idéaliste.

— Tu proposes quoi ? Serveuse dans un de tes palaces ? Escort-girl. Pute, après tout ce n'est pas si éloigné de ce que je sais faire.

— Tu dois te reposer. Dormir. Faire une cure de sommeil. Couper ton téléphone. Te mettre *off* pour un bon bout de temps. On se débrouillera...

Ruslana embrasse la joue de son ami.

Anton s'essuie avec le torchon.

—J'aime autant quand tu me fous une beigne !

— Je suis navrée...

— C'est bon, Ruslana, je vais chercher la bagnole, inutile qu'on soit deux à se tremper. Tu n'auras qu'à sortir dans cinq minutes.

Ruslana s'accroupit près de Ghost.

— Tu en penses quoi, mon pépère ? Je dois vraiment tout arrêter ? Ça donne envie quand on te voit dormir. Tu as l'air heureux, tu n'as pas de souci et aucune douleur nulle part. Tu veux que je te dise mon problème... Je n'ai pas le courage de repartir à zéro, ni assez d'énergie pour reprendre mes études... Je ne supporte plus les avions... mais ça sera atroce quand je n'en prendrai plus aucun. Tu vois, Ghost, je voudrais arrêter de cogiter quelques semaines. Je vois tout en noir... J'ai la sensation de m'enfoncer dans un long tunnel et je me demande vraiment si ça vaut le coup d'en sortir. Allez, mon chaton, j'y vais... prends soin de toi, et veille sur ton maître. C'est quelqu'un d'exceptionnel. Peut-être trop bien pour moi. Passe un bon dimanche.

Bleu, cabossé, recouvert de boue. Le Ford Ranger d'Anton l'attend en double file.

A l'intérieur, une forte odeur de tabac froid et d'humidité.

— Un itinéraire préféré, mademoiselle ?

— Ça t'ennuie si je monte sur la banquette arrière, il faut que je m'allonge.

— Si j'ai le droit de te regarder dans le rétroviseur.

— Tu n'en as pas marre ?

— Je ne me lasserai jamais.

Ruslana s'installe, le pick-up démarre, Anton branche le dégivrage.

— J'ai un copain qui a un deal pour une chambre d'hôtel au Trump Plaza d'Atlantic City une semaine en juillet. Ça te dirait de venir avec moi. On fêterait dignement ton anniversaire. On ferait du bateau, on jouerait nos chiffres fétiches à la roulette.

— Pourquoi pas...

— Quel enthousiasme !

— Je vais avoir 21 ans.

— Parfait, tapis sur le 21.

Ruslana ferme les yeux. Elle voudrait rouler pendant des heures, se sentir partir comme quand elle était enfant et qu'elle s'endormait dans le bus sur les jambes de sa mère. Elle voudrait oublier son nom, sa date de naissance, qui elle est et pourquoi elle est là. Elle voudrait gommer de sa tête Toomas, elle voudrait revenir au complexe Medéo, remettre des bagues sur ses dents et rêver en allemand. Elle voudrait ne plus avoir peur du lendemain. Croire Leonard, aimer Anton, aider sa mère. Faire l'amour pour la première fois, écouter Bob Dylan pour la première fois, prendre une cuite pour la première fois et être tellement malade qu'une deuxième serait à jamais bannie, refuser sa première ligne, aimer son reflet dans le miroir, savourer les compliments, sauver son père...

— Rus... L'appartement de madame est avancé.

— La voiture a un effet miraculeux sur mes insomnies.

— J'ai un plein d'essence, je peux continuer.

— Je t'appelle... Merci.

— Fais-moi un sourire, je t'en supplie.

— Toi aussi.

Ruslana envoie un baiser, Anton l'attrape dans les airs.

Puis la voiture démarre, au milieu des flaques et des fumées.

28 juin 2008
14 h 01

130, Water Street
Manhattan Financial District
New York

Quelques galettes de riz soufflé, une bouteille de jus d'orange, un ours en peluche, des parutions du *Grazzia*, du *Elle* portugais et du *Vogue* polonais. Ruslana est allongée sur son canapé en cuir blanc.

Sa bouche est pâteuse, sa nuque raide, ses yeux sont collés.

Une cigarette, elle sort sur le balcon.

Water Street est plus calme, moins de sirènes et de Klaxons. Ruslana reste assise face au pot de terre qui lui sert de cendrier. Elle ne tient pas debout.

Leonard vient lui tenir compagnie.

Elle le met sur ampli.

— Salut.

— Tu es malade ?

— Je dors...

— Tu es sortie ! Je croyais que tu devais te reposer.

— Tu me fais suivre ou tu t'en charges toi-même ?

— Laisse tomber. Je ne veux pas qu'on se dispute.

— J'ai bien réfléchi à cette histoire de Pennsylvanie. J'adorerais partir dans la nature avec toi.

— Heureusement que tu ne me vois pas, je souris béatement. Je peux t'emmener dîner ce soir ?

— Je suis crevée, je vais me coucher tôt.

— Comme hier soir... Pardonne-moi, Rus, je suis archilourd. Tu me manques.

— Toi aussi tu me manques. Je commence à y voir un peu plus clair...

— J'espère que c'est de bon augure...

— Je t'appelle plus tard.

— Je passerai en fin d'après-midi, j'ai une surprise pour toi.

— Je me rends compte que je ne te fais jamais de surprise.

— A tout à l'heure, mon ange.

Ruslana raccroche et compose le numéro de sa mère.

« Galina Korshunov. J'attends votre message avec impatience. »

— Maman... Ça va, maman... Quel temps vous avez ? Tu es où d'ailleurs ?.... Quelque part avec Radomir, heureuse et amoureuse, tu le mérites...

« Pour réécouter votre message tapez 1, pour l'effacer et en enregistrer un autre, tapez 2. » Ruslana appuie sur 2.

Le numéro de Mila.

« Vous êtes sur la messagerie de la bombe kazakhe de LIU. Je rappelle très rarement, j'ai trop de fans. »

— C'est moi. Ça ne va pas. Il faut que je te voie. Je crois que je vais partir. Je suis ta fan numéro un.

07-811-544-567-22.

« Toomas Arefyev sera absent jusqu'au 14 juillet. Pour toute urgence, vous pouvez joindre sa secrétaire au Chagall Business Center... »

Anton.

« Ghost et son maître ne sont pas joignables. Mais ils se feront une joie de vous recontacter dans les plus brefs délais. »

— C'est Rus. Je voulais te dire... J'ai super bien dormi. J'en avais besoin. Je vois les choses différemment. Je comprends un peu mieux ce qui m'arrive. Tu as raison. Je vais lever le pied. Je ne sais pas encore où mais je compte m'éloigner quelque temps... J'ai de la chance de t'avoir.

Portable de Carrelyn Watts.

« Si vous êtes belle, jeune, et que vous mesurez plus d'1,75 mètre, laissez vos coordonnées, sinon raccrochez. »

Ruslana ne laisse pas de message.

Elle retourne dans le salon et se connecte à son blog.

http://ruslana-87. kazakhblog. com
0 commentaire.

Aujourd'hui samedi, le ciel de New York est électrique. Pas un nuage, pas une brise. La température est idéale. Le soleil semble bienveillant.
J'ai trié mes photos. Ma préférée est celle de All Asia. *Je n'étais pas encore une mannequin professionnelle et je trouve que c'est vraiment moi.*
J'ai ciré mes chaussures.
J'ai fait une lessive.
J'ai changé mes draps.
J'ai regardé un épisode de Friends *en me mettant du vernis violet.*
J'ai beaucoup trop fumé.
J'ai maquillé mes cernes dans le miroir de la salle de bains.
J'ai respiré la volupté d'une dernière ligne.

297

...

J'ai perdu mes belles valeurs, ma parole, ma loyauté, ma fidélité.
J'ai ruiné ma santé.
J'ai dilapidé mon avenir.
J'ai couru trop vite et trop longtemps.
Mon souffle est coupé.
Mon ambition aveugle et sourde.
Mes états d'âme ont fait le vide autour de moi.

Ruslana efface la page. Personne ne doit savoir. Carrelyn Watts avait raison, elle a déchaîné les passions. Ruslana a essayé de toutes ses forces, elle a cru pendant longtemps qu'elle tiendrait le coup, qu'elle sortirait victorieuse du combat.

Mon rêve est de voler... oh, mon arc-en-ciel est trop haut.

Posté par ruslana-87
le 28/06/2008 à 14 h 27

Une cigarette.
La cendre dans le pot de terre.
Ruslana se colle à la façade.
Pieds nus, elle escalade le petit muret qui donne sur l'immeuble d'à côté. Pousse la porte en fer forgé. Grimpe sur la balustrade, déchire

le filet de protection des travaux, inspire l'odeur du vide. Un oiseau en jean, débardeur blanc et petit collier de perles multicolores.

Comme quand elle gambadait dans les rues d'Almaty, comme quand elle essayait de rattraper la mobylette de son père, comme quand elle prenait la pose au milieu d'une bourrasque inventée par un ventilateur…

Elle n'a plus peur.
Elle n'a plus mal.
Elle n'a plus personne.

Ses cheveux flottent dans le vent.

28 juin 2008
15 h 30

WIKIPEDIA
L'Encyclopédie libre

RUSLANA KORSHUNOVA (2 juillet 1987, Almaty,
Kazakhstan, ex-URSS – 28 juin 2008, New
York, Etats-Unis d'Amérique) était une manne-
quin kazakhe.

Dans la même collection

Besson (Philippe) *L'Enfant d'octobre*
Chessex (Jacques) *Un Juif pour l'exemple* ■ *Le Vampire de Ropraz*
Decoin (Didier) *Est-ce ainsi que les femmes meurent?*
Duteurtre (Benoît) *Ballets roses*
Eudeline (Patrick) *Rue des Martyrs*
Foenkinos (David) *Les Cœurs autonomes*
Sportès (Morgan) *Ils ont tué Pierre Overney*

COMPOSÉ PAR NORD COMPO MULTIMÉDIA
7, RUE DE FIVES, 59650 VILLENEUVE-D'ASCQ
ET ACHEVÉ D'IMPRIMER
SUR ROTO-PAGE
PAR L'IMPRIMERIE FLOCH
À MAYENNE EN SEPTEMBRE 2009

N° d'édition : 15892 – N° d'impression : 74601
Dépôt légal : septembre 2009
Imprimé en France